MASTER SIMON

California Masters-Reihe: Buch 2

CHERISE SINCLAIR

VanScoy Publishing Group

Master Simon

Copyright © Deutsche Ausgabe: 2019

ISBN: 978-1-947219-22-9

Published by VanScoy Publishing Group

© Originalausgabe: *Simon Says: Mine* by Cherise Sinclair; 2010

Übersetzer: Tilmann Hennig

Lektor 1: FP Translations

Lektor 2: Christian Popp

Covergestaltung: The Killion Group

Anmerkung der Autorin

An meine Leser/Leserinnen,

dieses Buch ist reine Fiktion. Und wie in den meisten Romanen wird die Liebesgeschichte in eine sehr, sehr kurze Zeitspanne hineingepresst.

Ihr, meine Lieben, lebt in der wirklichen Welt. Ihr werdet mehr Zeit brauchen als die Romanfiguren. Gute Doms wachsen nicht auf Bäumen und es gibt ein paar sehr seltsame Menschen dort draußen. Wenn ihr auf der Suche nach eurem eigenen Dom seid, hört auf euer Bauchgefühl und seid bitte vorsichtig.

Und wenn ihr ihn findet, dann nehmt zur Kenntnis, dass er nicht eure Gedanken lesen kann. Ja, so beängstigend das auch sein mag, ihr werdet euch ihm öffnen, mit ihm reden und auch ihm zuhören müssen. Teilt eure Hoffnungen und Ängste miteinander. Erzählt ihm, was ihr euch von ihm wünscht und wovor ihr abgrundtiefe Angst habt. Okay, er wird eure Grenzen etwas austesten – er ist schließlich ein Dom –, aber ihr habt ja euer Safeword. Nicht das Safeword vergessen, okay? Und passt auf euch auf. Verhütet. Vertraut euch einer Person in eurem Freundeskreis an. Teilt euch mit, kommuniziert.

Denkt dran: Safe, sane, consensual. (Sicher, vernünftig, einvernehmlich.)

Ich wünsche mir für euch, dass ihr diese besondere Person findet, die euch liebt, die eure Bedürfnisse versteht und euch im Herzen trägt.

Während ihr nach diesem besonderen Menschen Ausschau haltet, könnt ihr Zeit mit meinen California Masters verbringen.

Fühlt euch gedrückt,
Cherise

KAPITEL EINS

Jemand sollte mich in die *Geschlossene einweisen.* Rona McGregor schöpfte einen tiefen Atemzug kalter Nachtluft. Einen BDSM-Nachtclub zu besuchen, stand eigentlich erst an dritter Stelle auf der Liste ihrer Fantasien. Nun war sie aber hier. Sie wollte den Punkt abhaken. Mit einem gezwungenen Lächeln und einem klopfenden Herzen hob sie ihren knöchellangen Rock und stieß die Tür zum berüchtigtsten Club in San Francisco auf: das Dark Haven.

In den letzten zwanzig Jahren war sie nicht gerade abenteuerlustig gewesen. Jetzt war die Zeit für wahnsinnige Ideen gekommen. Ihre Kinder waren auf dem College. Sie hatte sich von der Last ihres Ehemannes befreit – *Gott sei Dank.* Genau wie von ein paar extra Pfunden. Sie fühlte sich gut in ihrem Korsett. Dafür, dass sie auf ihre Vierzig zuging, konnte sie sich nicht beschweren.

Statt des Sündenpfuhls, den Rona erwartet hatte, war der kleine Eingangsbereich recht steril gehalten. Eine Handvoll Leute stand vor ihr und wartete darauf, das Eintrittsgeld zu bezahlen. Wie auch sie waren alle passend zur Mottoparty gekleidet. Es dauerte nur wenige Minuten, bis sie bei der Frau hinter dem Tresen ankam.

1

Die gut gelaunte, junge Frau strahlte sie an. „Hi! Willkommen zur viktorianischen Nacht im Dark Haven. Mitglieder tragen sich hier ein." Das purpurrote Kleid der Rezeptionistin war farblich auf die Strähnen in ihrer Punkfrisur abgestimmt. Das Oberteil schien sie bearbeitet zu haben, denn unter dem rosafarbenen Netzstoff waren ihre Brüste entblößt.

Rona unterdrückte ein Lachen. Das kam ihrer Vorstellung eines BDSM-Clubs schon näher.

Durch ihre Arbeit als Krankenschwester war sie es gewohnt, nackte Brüste zu sehen. Ihre Patienten präsentierten sie allerdings nicht auf diese offensichtliche Weise. „Ich bin kein Mitglied."

„Kein Problem. Dein Outfit ist übrigens mega! Sehr authentisch. Warst du heute auf dem Dickens-Volksfest in der Cow-Palace-Mehrzweckhalle?"

Rona nickte. „Dort habe ich von dieser Themennacht erfahren." Und es war ihr wie ein Wink des Schicksals erschienen. Schließlich hatte sie durch das Volksfest bereits die passende Kleidung für den heutigen Abend. „Ich bin noch nie in einem Club wie diesem gewesen. Gibt es irgendetwas, das ich wissen sollte?"

„Nein, nein. Was du allerdings tun musst: Fülle den Mitgliedsantrag und die Einverständniserklärung aus. Wenn du damit fertig bist, gibst du mir zwanzig Dollar Eintritt plus fünf für die Mitgliedschaft. Dann kannst du reingehen." Die Rezeptionistin schob ihr einen Stapel Papiere über den Schreibtisch. „Wenn du dich beeilst, kommst du noch rechtzeitig zu einer erotischen Flogging-Vorführung von Master Simon."

„Master Simon?", quietschte eine junge Frau hinter ihr. „Oh, mein Gott, er ist so heiß!"

Sie wedelte mit ihrer Hand so heftig vor ihrem Gesicht herum, dass Rona fast versucht war, der Frau den Fächer anzubieten, der an ihrem Gürtel hing.

Rona füllte die Formulare aus. Gleichzeitig konnte sie es sich nicht verwehren, einen Blick auf die anderen Gäste zu werfen.

Als sie die Kostüme sah, entspannte sie sich allmählich: Ein Abendkleid mit weitem Reifrock, ein Nachmittagskleid wie ihres und zwei Kammerzofen-Outfits. In jeder anderen Nacht hätte sie keine Ahnung gehabt, was man in einem BDSM-Club trug. Der Themenabend kam ihr gelegen. Wie hätte sie da widerstehen können?

Ihr fiel eine Frau ins Auge, die nur einen Unterrock trug. Die Dame daneben zog sich gerade ihren Mantel aus und entblößte darunter eine weiße Schürze – und weiter nichts. Okay, jetzt machte sie sich wieder Sorgen. Ihr Magen rebellierte. Trotz allem händigte sie der Rezeptionistin den Papierkram aus und sagte: „Eine Frage: Denkst du, dass ich unpassend gekleidet bin?"

„Zur Hölle, nein!" Die junge Frau nahm das Geld entgegen und gab ihr dafür einen Mitgliedsausweis. „Dominas tragen immer recht viel Kleidung und neue Subs fangen oft mit mehr Kleidungsstücken an. Das macht es doch interessanter, oder? Auf diese Weise ist es geheimnisvoller. Ausziehen kann man sich immer noch, richtig?"

Ausziehen. In einem Club? Ich? Ihr Plan war es lediglich, die anderen Clubmitglieder zu beobachten. Der Gedanke daran, sich in die Geschehnisse einzubinden, sandte einen Schauer durch ihren Körper. Lust oder Panik? Sie wusste es nicht genau. „Auch wieder wahr."

Rona steckte die Karte in die kleine Handtasche an ihrem Handgelenk, strich sich das Kleid glatt, öffnete die Tür zum inneren Heiligtum und trat direkt ins neunzehnte Jahrhundert. Erstaunt atmete sie tief ein. Eine Mixtur aus verschiedenen Gerüchen traf sie: Leder, Parfüm, Schweiß und Sex. Mit dem leidenschaftlichen Soundtrack von Griegs Klavierkonzert wagte sie sich in den spärlich beleuchteten Raum, der von Männern in Fracks und Frauen in glockenförmigen Abendkleidern nur so wimmelte. *Wirklich cool.*

Langsam bewegte sie sich fort. Sie hatte das Gefühl, dass ihr die Augen aus den Augenhöhlen fielen. Sie wusste gar nicht, wo sie zuerst hinsehen sollte: In der Mitte des langen Raumes standen Tische und Stühle aus dunklem Holz. Eine kleine Tanzfläche nahm die eine Ecke in Beschlag. Gleich daneben befand sich ein blinkender Metalltresen mit zwei Barkeepern. Bisher konnte sie nichts Außergewöhnliches feststellen. Wo versteckten sie nur all die perversen Sachen, die ihr in Erotikbüchern versprochen wurden?

Sie hatte den Gedanken noch nicht beendet, als ein Mann vorbeilief, dessen Gemächt ein furchteinflößender Harness schmückte. Ronas Mund klappte auf. *Crom,* sie konnte fast hören, wie ihre nicht existenten männlichen Teile zusammenschrumpelten.

Kopfschüttelnd ging sie zur Bar. Erst jetzt fiel ihr auf, dass sich zu ihrer Linken und Rechten jeweils eine Bühne befand.

Eine Bühne war leer. Auf der anderen hingegen ... Rona trat unwillkürlich einen Schritt zurück. Sie rannte in jemanden hinein und murmelte eine Entschuldigung, ohne den Blick von der Bühne zu nehmen: Ein Mann peitschte eine Frau aus, die an einen Pfosten gebunden war. *Das ist doch sicher illegal, oder?*

BDSM. *Du erinnerst dich, Rona? Sei nicht so naiv.* Sie hatte über Peitschen und Ketten und all dieses Zeug gelesen. Es dann aber mit eigenen Augen zu sehen? *Wow.*

Sie presste eine Hand auf ihr wild pochendes Herz und kämpfte gegen den Drang an, dem Kerl die Peitsche aus der Hand zu reißen. Zumal sie gegen ihn wahrscheinlich machtlos war: Er war mindestens einen Meter fünfundachtzig groß und muskulös. Sie bezweifelte, dass er überhaupt einen Schlag von ihr merken würde. Sie würde sich wie eine winzige Fliege fühlen, die um seinen Kopf schwirrte. Passend zum Thema des heutigen Abends trug er eine grüne Seidenweste über einem altmodischen weißen Hemd. Die hochgerollten Ärmel entblößten solide Unterarme.

Im Gegensatz dazu war sein Opfer komplett nackt. Ihre olivfarbene Haut glühte wegen der Peitschenschläge in einem gefährlichen Rot. Peitsche? Oder Flogger? Die vielen Lederriemen strichen in einem Rhythmus über ihren Rücken, so dass Rona ihre Atemzüge danach ausrichten konnte. Wie hypnotisiert trat sie näher. An Tischen und Stühlen schlängelte sie sich vorbei. Sie wählte einen Tisch direkt vor der Bühne und setzte sich.

Flogging. Das Wort klang brutal. An sich war es das auch, aber ... es war auch einfach so wunderschön. Der Mann schwang den Flogger in einem Muster, das an eine Acht erinnerte, traf erst die eine Seite der Frau und dann die andere. Rona lehnte sich vor und stützte sich mit den Ellbogen auf dem Tisch ab. Niemals schlug er gegen die Flanken oder die Wirbelsäule der Brünetten. Er schien die Nierengegend auf meisterliche Weise zu meiden. *Wirklich beeindruckend.*

Er drosselte das Tempo und pausierte einen Moment, bevor er mit den Riemen hauchzart über den Rücken und die Schenkel der Frau glitt. Die Frau war in die Richtung der Zuschauer ausgerichtet. Rona war von ihrem roten Gesicht und den glasigen Augen fasziniert. Die Frau keuchte vor Schmerz oder ... konnte es sein, dass sie erregt war? Ihr Hinterteil reckte sich nach hinten, dem Dom entgegen, und sie schwenkte ihren Po auf eine Weise, die auf Erregung schließen ließ.

Erregung.

Ein Grinsen zeigte sich auf dem gebräunten Gesicht des Mannes. Er strich mit den Lederriemen über die Schenkelinnenseiten der Frau, hoch und runter, und jedes Mal kam er dem Bereich zwischen ihren Beinen bedrohlich näher. Sie stöhnte und wand sich.

Rona atmete tief ein und versuchte, ihre eigene Erregung zurückzudrängen.

Der Mann begann wieder mit dem Flogging, abwärts über den Rücken, den Po und die Oberschenkel. Im nächsten Augenblick änderte er das Muster und die Riemen peitschten zwischen die Schenkel, genau auf ihre Pussy. Die Frau schnappte hörbar nach Luft.

Und Rona tat es ihr gleich. Sie war dermaßen von dem

Schauspiel in den Bann gezogen, dass es sich anfühlte, als hätte sie den Schlag einstecken müssen. Ihr Geschlecht zuckte.

Ihr Innerstes verwandelte sich in eine Masse aus flüssiger Lava. Die Rezeptionistin behielt recht: Es handelte sich wahrhaftig um ein erotisches Flogging. *Wow.*

Die Musik veränderte sich. Der Höhepunkt des Stücks setzte ein. Alle Gespräche im Umkreis verebbten. Rona konnte die Erregung im Raum fast riechen. Sie krallte sich an ihrem Rock fest. *So gewalttätig ... so erregend.*

Inzwischen war er zum anderen Schenkel gewechselt. Er bewegte sich aufwärts und schlug härter zu. Dann holte er aus und die Striemen landeten wieder zwischen ihren Beinen. Das Quietschen der Frau verwandelte sich in ein tiefes Stöhnen. Weitere Schläge folgten. Erst erwischte es ihren Rücken, dann ihre Schenkel und von dort aus kehrte er wieder zurück. Als er das dritte Mal ihre Pussy traf, kam die Frau zu einem schreienden Höhepunkt und riss an ihren Fesseln.

Ein Rinnsal aus Schweiß lief Rona die Wirbelsäule herunter. Mit dem engen Korsett fiel es ihr schwer zu atmen. Auspeitschen erregte sie also? *Interessant.*

Während der Mann sein Opfer von ihren Fesseln befreite, tobte die Menge vor Begeisterung. Dem befriedigten Ausdruck auf ihrem Gesicht zu urteilen, schien ‚Opfer' das falsche Wort zu sein. Rona blinzelte überrascht, als ein junger Mann auf die Bühne sprang und die Frau in seine Arme nahm. Nach einem langen Kuss mit viel Zungeneinwirkung löste sich das Paar lange genug voneinander, so dass sich die Männer die Hände schütteln konnten. Danach gab die Frau dem Mann, der sie ausgepeitscht hatte, einen Handkuss.

Er hatte eine Frau ausgepeitscht, mit der er nicht zusammen war?

Rona schluckte. Ihre Fantasie, wie ein Liebhaber sie festband, ihr vielleicht auch ein bisschen den Po versohlte, erschien im Angesicht dessen, was sie gerade live erlebt hatte, zu verblassen.

Auf der anderen Bühne bewegte sich etwas. Ein Mann und eine Frau stellten Equipment auf die Bühne. Inzwischen wechselte die Musik zu Nine Inch Nails und die Zuschauer verliefen sich. Manche gingen zur Bühne gegenüber, andere zur Tanzfläche. Von allen verlassen, wischte der Mann den Pfosten ab und verstaute seinen Flogger in seiner Ledertasche. Er warf sich die Tasche über die Schulter, ging zu der Treppe seitlich an der Bühne und wurde dort von einer kleinen Gruppe angehalten. Groupies? Rona schnaubte. Gab es in diesem Lifestyle Groupies?

Sie schüttelte amüsiert den Kopf und sah sich nach einer Kellnerin um. Vielleicht sollte sie einen weiteren Punkt auf ihre Liste setzen: *Habe Spaß mit einem sexy Dom.* Sie grinste. Ihr Ex hatte immer über ihre Fünfjahrespläne gelacht, als wäre Desorganisation besser. Hätte er jemals einen Blick auf ihre Liste mit all ihren Fantasien geworfen, wäre er auf der Stelle tot umgefallen.

Keine Kellnerin in Sicht. Sie richtete ihre Aufmerksamkeit wieder auf die Bühne und seufzte enttäuscht. Leer, so wie die meisten Stühle rings um sie herum. Die Zuschauer hatten sich spannenderen Dingen zugewandt.

Ein dumpfer Aufprall erregte ihre Aufmerksamkeit. Direkt neben ihr stand der Mann von der Bühne, die Tasche zu seinen Füßen. Ihr fiel die Kinnlade herunter. Wahrscheinlich sah sie wie der letzte Idiot aus. Auf dem Tisch lagen ein schwarzer Frack und altmodische Manschettenknöpfe, die er vor Beginn der Demonstration abgelegt haben musste.

Sie sah zu, wie er die Ärmel seines Hemdes herunterkrempelte. Seine dunklen Augen wirkten beinahe schwarz und sein gebräuntes Gesicht ausdruckslos. Ausgehend von den Lachfältchen um seine Augen, dem unnachgiebigen Mund und dem leichten silberfarbenen Schimmer an seinen Schläfen schätzte sie ihn auf Anfang vierzig. Bei jeder Bewegung tanzten seine Muskeln unter dem weißen Hemd.

Er war nicht nur ein heißes Schnittchen, sondern auch älter als sie. Jedoch kam ihr nicht mal in den Sinn, mit ihm zu flirten.

7

Nicht mit *ihm*. Er war zu ... zu ... einschüchternd. Nicht wie ein junges, auf Hochglanz poliertes Unterwäschemodel. Nein. Auf eine gefährliche Art einschüchternd.

Na klar ist er gefährlich – er hat einen Flogger und weiß, wie er damit umgehen muss.

Ihre gesamte Erfahrung mit BDSM rührte von Erotikromanen. *Lächerlich eigentlich.*

Sie hatte schon immer an diesem Lifestyle Interesse gehabt und auch Mark davon erzählt. Seine Reaktion? Er hatte sie ausgelacht und sich geweigert, dem Sexleben mehr Würze zu verleihen. Nicht, dass sie in den letzten Jahren überhaupt ein Sexleben zum Würzen hatten.

Seit ihrer Scheidung hatte sich ihr Horizont auf alle Fälle erweitert. Nur noch nicht weit genug. Sie bezweifelte, dass sie bereit dazu wäre, etwas zu testen. Für den Moment wollte sie zuschauen. Sie wollte sehen, was möglich war und was sie vielleicht zum Ausprobieren auf ihre Liste setzen sollte. Was sie nicht wollte? Einen erfahrenen, einschüchternden BDSM-Typen.

Egal, wie toll er aussah.

Bist du bereits am Sabbern, Rona? Sie versuchte, sich entspannt zurückzulehnen. Nicht gerade einfach, wenn man ein Korsett trug. Aus dem Grund wandte sie den Blick von dem Mann ab und schaute zu der gegenüberliegenden Bühne. Dort konnte sie beobachten, wie eine Frau in einem Schuldirektorinnen-Kostüm einem jungen Mann Fesseln anlegte. Er hingegen war nur in einer Unterhose gekleidet. Eine ganze Minute schaffte es Rona, bevor ihre Augen wieder zu dem Mann neben ihr wanderten.

Sie runzelte die Stirn. Er versuchte, einen Manschettenknopf an seinem Hemd zu befestigen. Aus irgendeinem Grund wollten sich die Finger seiner linken Hand einfach nicht beugen lassen. Sein frustriertes Knurren löste etwas in ihr aus. Plötzlich war er nicht länger ein furchteinflößender Dom. Er war lediglich ein Mann – ein Mensch, der ihre Hilfe brauchte.

Sie stand auf, lief zu ihm, schob seine Hand beiseite und

befestigte den silbernen Manschettenknopf. „Na also." Mit einem Lächeln tätschelte sie ihm den Arm. „Das hätten wi –"

Sie hob den Blick zu seinem Gesicht und ihr stockte der Atem. Sie sah in ein durchdringendes Augenpaar. Der Ausdruck ließ sie dahinschmelzen. Er hielt sie mit diesen dunklen Augen gefangen und studierte sie. Es fühlte sich an, als würde er ihre Seele durchleuchten.

Er kam näher, weswegen sie den Kopf in den Nacken legen musste. Während sie vergessen zu haben schien, wie man atmete, verzogen sich seine Lippen zu einem Lächeln. „Du hast nicht nachgedacht. Du hast gesehen, dass ich Hilfe brauche und konntest einfach nicht anders, oder?", fragte er. Seine Stimme war so düster und geschmeidig wie alles andere an ihm.

Sie verspürte den Drang, sich zu entschuldigen. „I-ich –"

„Schweig."

Ihre Kehle schnürte sich bei seinem Tonfall zu und die Lachfältchen um seinen Mund vertieften sich. „Unterwürfig", murmelte er. „Keine Sub würde es wagen, die Hand eines Masters zu packen und die Kontrolle über eine Situation an sich zu reißen. Bist du neu hier?"

Ohne eine Antwort abzuwarten, strich er mit einem Finger über ihre Wange, ihren Hals und die hochgebundenen Brüste in ihrem Korsett.

Seine Berührung hinterließ ein brennendes Verlangen. Ihr Bauch flatterte und ihre Beine verwandelten sich zu Wackelpudding. „Bitte", flüsterte sie.

Er legte den Kopf auf die Seite. „Bitte was, Kleines?"

„Bitte, i-ich –" Sie fühlte sich wie eine Idiotin – eine sehr verwirrte, sehr erregte Idiotin. Sie senkte den Blick und versuchte, einen Schritt zurückzutreten.

Seine Hand schloss sich um ihren Oberarm. So fest, dass es kein Entkommen gab.

„Sieh mich an." Er schob einen Finger unter ihr Kinn. Sie gehorchte und fand wieder seinen Blick. Ein Lächeln huschte über seine Lippen. „Noch sehr neu, wie ich sehe. Das erste Mal?"

„Ja." Auch ihr zweiter Versuch, Abstand zwischen sich und diesen Mann zu bringen, scheiterte.

„Eine Sub muss einen fremden Dom nicht mit ‚Sir' anreden. Wenn sie sich allerdings von selbst einem Dom nähert" – sein Finger verließ ihr Kinn und streichelte über ihre bebenden Lippen – „dann wäre es ratsam, diesen Dom mit ‚Sir' anzusprechen."

Sie war sich der Wärme seiner Finger auf ihren Lippen bewusst. Sie hatte das Gefühl, zu ertrinken.

Er hielt inne und sagte dann: „Sag: ‚Ja, Sir'."

Oh. „Ja, Sir." Es war nicht das erste Mal, dass sie diesen Ausdruck verwendete. Bisher hatte sie sich immer für die sarkastische Version entschieden. Zum Beispiel im Krankenhaus bei arroganten Ärzten. Bei ihm war es anders. Die zwei Worte hallten in ihr wider – wie der Bass in diesem Club.

„Sehr gut."

Eine Frau in einem Korsett, Netzstrümpfen und High Heels fiel plötzlich neben den beiden auf die Knie. „Master Simon, kann ich Euch zu Diensten sein?"

Er drehte den Kopf zu der Frau.

Von seinem Blick befreit, versuchte Rona, sich zurückzuziehen. Ohne Erfolg. Seine Hand war hart und unnachgiebig. Er packte sogar noch fester zu. Das Gefühl, seiner Kontrolle zu unterstehen, überwältigte ihre Sinne.

Ein Adrenalinschub ließ ihr Herz rasen. Da seine Aufmerksamkeit auf der knienden Frau lag, schaffte sie es, einen beruhigenden Atemzug zu nehmen. *Ich bin eine erwachsene Frau. Ich bin in meinem Job hoch angesehen, bin intelligent und professionell. Warum fühle ich mich dann gerade wie eine Maus, die in der Falle sitzt?* Und warum erregt mich dieser Gedanke? Ihre Hormone spielten vollkommen verrückt.

Sie schaute auf die kniende Frau und zuckte zusammen. Sie war blond, sehr hübsch und willig, Master Simon alles zu geben, was er wollte. Und sie war jung.

Rona war keines von alledem. *Flucht. Es war an der Zeit, zu flüchten.*

„Danke, nein", sagte Simon zu der knienden Sub und entließ sie mit einem freundlichen, aber bestimmten Lächeln. *Noch so ein Frischling.* Er unterdrückte ein Seufzen. Den jungen Mädchen fehlte immer etwas. Er bevorzugte Frauen. Das Problem: Die interessanten Subs in seinem Alter waren bereits vergeben oder hatten psychische Probleme. Er konnte sich nicht erinnern, wann er das letzte Mal eine Sub vor sich hatte, die mit sich selbst im Reinen war.

Ich bin einsam. Seit etlichen Jahren geschieden, der Sohn auf dem College, sein Haus leer, war ihm kürzlich bewusst geworden, wie sehr es ihm nach einem warmen Körper in seinem Bett verlangte. Er wollte wieder eine Frau an seiner Seite, die er nachts in seine Arme schließen und mit der er sich über Gott und die Welt unterhalten konnte. Er wollte einfach alles mit ihr teilen. Angefangen vom Nachtisch bis hin zu den guten und schlechten Ereignissen des Tages. Einen willigen Körper konnte er nur allzu leicht finden, aber nicht ein offenes Herz, einen soliden Verstand und einen unabhängigen Geist.

Aber diese hier ... Simon richtete seine Aufmerksamkeit wieder zu der Sub, die ihm ohne Aufforderung zur Hilfe gekommen war. Er nahm an, dass sie Ende dreißig war. Ihr Gesicht hatte Falten, die ihm verrieten, dass sie nicht immer ein sorgenfreies Leben hatte. Ihre Lachfalten zeugten von fröhlichen Momenten. Ihre vollen Brüste, die hoch und straff geschnürt waren, enthüllten Dehnungsstreifen. Der Beweis dafür, dass sie ein Baby an ihr Herz gedrückt und es gestillt hatte. Wenn er daran dachte, wie schnell sie seine Hände beiseitegeschoben hatte, erkannte er, dass sie außerhalb dieses Clubs eine Führungsposition innehaben musste. Und der glühende Blick in ihren Augen sprach davon, dass sie unterwürfige Tendenzen hatte.

Sehr anziehend. Zudem kam sie ihm bekannt vor. Aber woher?

Wieder versuchte sie, einen Schritt von ihm wegzutreten. *Warum?* Natürlich konnte ein Dom eine unerfahrene Sub nervös machen, aber sie hatte definitiv Interesse gezeigt, bevor sie unterbrochen wurden. Seine Augen verengten sich. Die kniende Sub war jung und hübsch, sicher. Konnte es sein, dass diese selbstbewusste Frau nicht so selbstbewusst war, wie es schien?

Ein neuer Fluchtversuch folgte und sie blickte ihn tatsächlich finster an.

„Ich glaube nicht, dass unser Gespräch schon beendet ist", sagte Simon.

In der schwach beleuchteten Bar erschienen ihre Augen blau. Oder doch grün? Ihr Haar war eine Mischung aus Blond und Braun und sie hatte ihre Wellen zu einem Dutt hochgesteckt. Das würde er als Erstes in Ordnung bringen. Er wollte ihre Haare sehen.

Er streckte seine freie Hand aus. „Mein Name ist Simon."

Sie zögerte kurz und sagte dann in einem freundlichen Ton: „Es freut mich, Simon."

Diese reizende, tiefe Stimme würde noch tiefer werden, wenn sie ein paar Mal gekommen war. Er umschloss ihre Hand mit seiner, ohne den Griff um ihren Oberarm zu lockern. Jetzt hatte er sie genau, wo er sie haben wollte, und diese Erkenntnis spiegelte sich auch in ihren Augen wider. Ihr Atem beschleunigte sich. Mit der Zunge leckte sie über ihre trockenen Lippen und sie schwankte unmerklich in seine Richtung. Das Gefühl, kontrolliert zu werden, erregte sie. Innerlich grinste er.

Oh, sie würde in Fesseln wunderschön aussehen. „Und du bist ...?", fragte er.

„Rona."

„Schottisch? Ja, der Name passt zu dir." Er schaute in ihre Augen und genoss das leichte Zittern ihrer Finger. „Du bist also das erste Mal in einem BDSM-Club, Rona?"

„Richtig."

„Und wie lang bist du schon hier?"

„Noch nicht mal eine Stunde."

Noch nicht mal. Ihr Ton schloss darauf, dass die Umgebung sie aus dem Gleichgewicht brachte. Und er hatte sie definitiv bedrängt. Er bedrängte sie noch immer. Wirklich unangemessen bei einem Neuling. Einem sehr bezaubernden Neuling. Er lockerte seinen Griff und ließ sie los. Sofort erfasste ihn ein Verlustgefühl. *Ich will sie behalten.*

Wie immer lag die Wahl bei der Sub. „Soll ich dich herumführen, oder willst du lieber auf eigene Faust deine Erkundungen machen?"

Sie zögerte. „Ähm. Also ..."

Sie wollte keinen Tourguide. Obwohl sie sich deutlich zu ihm hingezogen fühlte, bevorzugte sie es, ihre Umgebung alleine in Augenschein zu nehmen. Seine Verärgerung hätte ihm beinahe ein Lachen entlockt. Schließlich war er es gewohnt, von allen Subs angebetet zu werden. Sie zitterte vor Erregung und hatte vielleicht auch Angst, ja, trotzdem wäre das kein Grund für sie, sich jemandem zu Füßen zu werfen. Eine Beobachtung, die sein Interesse verdreifachte.

„In Ordnung." Er streichelte mit dem Finger über ihre Wange. Sie wusste es nicht, aber in diesem Moment markierte er sie als sein Eigen. „Ich sehe dich dann später."

Master Simon schlenderte selbstsicheren Schrittes davon. Rona starrte hinter ihm her. Die letzte Berührung hatte ausgereicht, um ihren Puls lebensgefährlich zu beschleunigen.

Sie hatte BDSM-Bücher gelesen. Doch erst jetzt begriff sie, welche Macht ein Dom innehatte. Dieser einschüchternde Kerl setzte seine Blicke mit der gleichen Präzision ein, die er auch mit dem Flogger an den Tag legte. *Gott möge ihr beistehen.*

Kopfschüttelnd atmete sie tief ein und gab ihrem Körper den Befehl, sich zusammenzureißen. Nach einem weiteren Atemzug ging sie zur Bar. Ihre Kehle war ausgetrocknet. Sie brauchte dringend Wasser.

Die Ablenkung zusammen mit dem kalten Wasser funktionierte und nach ein paar Minuten hatte sie ihre Selbstkontrolle zurückerlangt. Sie lehnte sich an die Bar und schaute sich um.

Eine Menge Leute, aber kein Master Simon in Sicht. Enttäuschung durchfuhr sie, die kälter war als das Wasser. Wie dumm von ihr, jetzt enttäuscht zu sein, wo sie ihn doch selbst abgewiesen hatte. Trotzdem hatte sie richtig gehandelt. Er war einfach zu viel für sie. Auf halbem Wege zu ihrem Mund stoppte sie die Wasserflasche. *Mein Gott*, sie hatte sowas von den Schwanz eingezogen.

Sie hatte all diese Vorsätze getroffen: Sie wollte von ihrem Vorstadthausfrauen-Image wegkommen. Sie wollte nicht länger nur als Mutter und Ehefrau gesehen werden, sondern als eine sinnliche Frau mit Bedürfnissen. Dann lief ihr ein Mann über den Weg, der Interesse signalisierte, und sie zögerte keine Minute, um in die andere Richtung zu rennen.

Allerdings hatte dieses neue aufregendere Leben keinen Mann beinhaltet, der eine Vorliebe für mehrschwänzige Peitschen hatte. Dennoch ...

Nächstes Mal würde sie die Situation anders regeln. Jetzt wollte sie sich erstmal den Club ansehen. Abgesehen von den Vorführungen auf den Bühnen hatte sie noch keine der Sessions gesehen, über die sie in ihren Büchern gelesen hatte. Ihr Blick fiel auf das Treppenhaus gleich neben dem Eingangsbereich. Was auch immer sich am Ende der Treppe befand, lockte viele der Mitglieder an. Das sollte doch einen Blick wert sein, oder? Sie nahm ihre Wasserflasche und ging an einer Gruppe von Leuten vorbei, darunter eine Frau, die ein bezauberndes weiß-rosa Korsett trug. Rona bemerkte die rosafarbenen Strähnen im Haar der Frau und grinste, als sie sich an die Rezeptionistin erinnerte. Passende Haarfarbe zur Kleidung – nicht gerade historisch korrekt, aber definitiv ein Blickfang.

Am Fuß der Treppe hielt sie an. *Oh ja*, sie war in der Hölle gelandet. Batman, Robin und Joker, ein paar von den Leuten hier brauchten dringend eine psychologische Betreuung. Wie die

Blondine, die einem Kerl gestattete, Nadeln in ihre Brüste zu stechen. Aus purem Instinkt kreuzte Rona die Arme über ihrer Brust, als der Mann eine weitere Nadel hinzufügte – direkt durch den Nippel der Frau.

Das war einfach falsch. Vielleicht sollte sie zurück zum Auto gehen und ihren Verbandskasten holen. Möglich, dass sie ihn bald brauchen würde.

Trotz allem ließ sie sich nicht abschrecken. Sie lief durch einen Korridor. Die Techno-Musik aus den Lautsprechern vermischte sich mit dem Klang von Schlägen, Stöhnen, schrillen Schreien, dem Knall einer Peitsche und einem gedehnten Ächzen. Ein knisterndes Geräusch ganz in der Nähe ließ sie aufschrecken. Sie schaute sich um und lachte, als sie die Geräuschquelle fand: Sie packte ihre Flasche so fest, dass sie das Plastik zusammengedrückt hatte.

Sie rollte mit den Augen. Gut, dass niemand plötzlich um die Ecke gekommen war, sonst hätte sie einen Herzinfarkt bekommen.

Sie lief zur zweiten Session und bemerkte, wie Kerle ihr nachschauten. Sie grinste und schwang verführerisch ihre Hüften. *Ich kann sehr wohl sexy sein.* Genau in diesem Moment musste natürlich eine Frau an ihr vorbeilaufen, in nichts weiter als einem Stringtanga gekleidet, mit straffer Haut und noch strafferen Brüsten. *Super. Ich bin sexy, solange ich Klamotten anhabe.* Sie mochte abgenommen haben und doch blieb sie eine Frau in ihren späten Dreißigern.

Eine Stunde später sah sie ihren Horizont als erweitert an. Sie wusste nun, was Leute in einem BDSM-Club taten, um Spaß zu haben. Selbst Simons Flogging-Vorführung hatte sie nicht auf Rohrstöcke vorbereiten können. Zwar handhabe niemand das Equipment so wie Simon, trotzdem war es interessant. Von heißem Wachs über Nadeln bis hin zu Gasmasken war alles vertreten. Während eine Domina eine Reihe von Saugglocken auf dem Rücken einer Frau platzierte, fragte sich Rona, ob diese

Glasdinger jemals an ... empfindlicheren Stellen angebracht wurden.

Im Geiste setzte sie diese Möglichkeit auf ihre Liste. Eines Tages vielleicht. Der Gedanke allein sandte einen lustvollen Schauer durch ihren Körper, der ihre Klitoris zum Kribbeln brachte.

Sie musste kichern: Als wäre sie nicht bereits erregt genug! Ein paar Schritte weiter schaute sie durch ein großes Fenster in einen sehr authentisch aussehenden mittelalterlichen Kerker. Eine schwarzhaarige Frau war an eine Steinwand gekettet und ein Mann in Jeans schlug die Frau direkt zwischen die Beine. Bei jedem Schlag hob sie sich auf die Zehenspitzen. Eine Minute später fiel er auf seine Knie, umfasste ihre Pobacken und führte seinen Mund zu ihrer Pussy.

Rona schluckte und fächelte sich Luft zu. *Wow.* Schockierend, sicher, aber auch sehr, sehr erotisch.

Nach ihrer aufschlussreichen Runde bemerkte sie, dass das Korsett langsam unbequem wurde. Die knochigen Stangen bohrten sich in ihre Rippen. Es fühlte sich an, als wäre sie bereits achtundvierzig Stunden auf den Beinen.

Sie fand eine leere Couch und ließ sich darauf fallen. *Ups.* Ehrbare, viktorianische Ladys plumpsten nicht wie Steine auf eine Couch; zweifellos sanken sie graziös auf ihre Sitzmöglichkeiten und natürlich saßen sie aufrecht, anstatt sich anzulehnen.

Sie hätte eine lausige viktorianische Lady abgegeben.

Sie würde vermutlich auch eine lausige BDSM-Person abgeben. Sie bezweifelte ohnehin, dass sie jemals den Mut aufbringen würde, das Gesehene von heute Abend zu testen. Obwohl einige Szenarios wirklich sehr erregend gewesen waren: Allein die Flogger-Vorführung – wie die mehrschwänzige Peitsche auf dem nackten Po der Frau gelandet war – hatte Rona ... heiß gemacht.

Also wenn sie schon mal hier war, könnte sie ja vielleicht etwas ausprobieren. Eine Kostprobe, keinen Hauptgang.

Sich von jemandem die Hände fesseln lassen, klang annehmbar. Beim Gedanken daran, wirklich eine ihrer Fantasien in die Tat umzusetzen, durchlief sie ein Schauer.

Ihr Mund wurde plötzlich trocken und sie trank den Rest ihres lauwarmen Wassers. Zuerst musste sie einen Dom finden. Sie könnte sich auch eine weitere Vorführung anschauen. Hier unten schieren die Sessions intimer. Es wäre ihr lieber, wenn Simon sie hier unten auspeitschen würde.

Sie verschluckte sich am Wasser. Wie hatte es Simon geschafft, sich in ihren Verstand einzuschleichen?

Na gut. Sie kannte die Antwort auf diese Frage. Jede Frau wollte ihn − mit seiner umwerfenden Kombination aus guten Manieren und gnadenloser Autorität. *Und diese Stimme* − so geschmeidig und dunkel und vollmundig wie Zartbitterschokolade. Auf ihren Armen bildete sich Gänsehaut und sie seufzte.

Hoffnungslos, sie war einfach hoffnungslos. Master Simon spielte leider nicht in ihrer Liga.

Sie brauchte jemanden, der weniger einschüchternd war.

Sie schaute sich um. *Hmmm.* Nicht der alte Typ und auch nicht der Untersetzte. Sie drehte den Kopf und erblickte einen blonden Mann. Sie schätzte ihn auf Ende Zwanzig.

Ziemlich süß. Er stand mit den Händen hinter dem Rücken gegen die Wand gelehnt und beobachtete in der Nähe eine Session.

Als er sich umschaute, traf sein Blick Ronas. Sie lächelte ihn an.

Du. Ja, du. Komm her, Süßer.

Er blinzelte und folgte ihrer lautlosen Aufforderung. „Hi. Bist du neu hier?"

„Geradezu jungfräulich."

KAPITEL ZWEI

Da bist du ja. Simon hielt an, als er die Frau erblickte.

Jemand war ihm zuvorgekommen und hatte sich seine Beute geschnappt: Er hatte sie gefesselt, an die Ketten, die von den niedrigen Deckenbalken hingen. Der Dom, noch jung und recht unerfahren, hatte ihr das Kleid und ihren Unterrock ausgezogen. Nur das Korsett, ein ärmelloses Unterhemd und ihre Unterhose hatte er ihr gelassen.

Was für ein hübsches Bild sie doch abgab: weiche Kurven, porzellanfarbene Haut, große Augen und ... ein stolzes Kinn.

Obwohl der Dom sie gut gefesselt hatte, war es doch die kleine Sub, die die Kontrolle an sich riss.

„Erbärmlich", sagte Xavier, der sich zu Simon gesellte. Der Eigentümer des Dark Havens trug wie Simon einen Frack über einer Weste in einem silber- und blaufarbenen Paisleymuster; sehr adrett – insbesondere zu dem langen schwarzen Haar, das zu einem Zopf geflochten war und ihm bis zum Hintern reichte.

Simon hob eine Augenbraue. „Kennst du die Sub?"

„Nein, muss ihr erstes Mal bei uns sein."

Warum kommt sie mir dann so bekannt vor? Simon wandte den Blick wieder der Session zu und zuckte zusammen, als Rona den Dom auslachte. Sicher, ihr tiefes Lachen war anbetungswürdig. Dummerweise hatte der Dom die Kontrolle über die Session verloren. Nach dem unglücklichen Gesichtsausdruck des jungen Mannes zu urteilen, war er mit seinem Latein am Ende. Man sollte den Ausdruck ,unterwürfig' nicht mit dem Wort ,Schwächling' verwechseln.

„Ich meinte zu David, er solle sich an Subs halten, die leichter zu bewältigen sind", sagte Xavier.

„Ein Freund von dir?"

„Er hat einen meiner Anfängerkurse für Doms absolviert. Er ist nicht schlecht, nur unerfahren."

Xavier betrachtete die Session, bis eine Barkeeperin ihn bezüglich eines Problems ansprach. Er hob die Hand, um sie zu unterbrechen, und drehte sich zu Simon. „Tue mir einen Gefallen und erlöse David. Später werde ich dich erneut aufsuchen."

Simon hörte, wie Rona dem Dom befahl, etwas aus seiner Tasche zu holen. Er grinste. „Herrschsüchtig, die Kleine."

Xaviers schwarze Augenbrauen hoben sich. „Du magst sie. Dann schulde ich dir vielleicht doch keinen Gefallen."

„Nein, mein Freund, ganz im Gegenteil: Ich bin dir etwas schuldig. Allerdings ist sie neu in unserer Community und ich würde es bevorzugen, wenn du mich ihr offiziell vorstellst."

Simon gab ihm einen freundlichen Klaps auf die Schulter und näherte sich der Szene. Er blieb auf Abstand und wartete, dass der andere Dom, falls gewünscht, auf ihn zukam. Simon bezweifelte, dass er lange warten müsste.

Simons Vermutung bestätigte sich schnell. Zunächst blickte ihn der junge Dom verwirrt an, dann näherte er sich Simon. Mit angespanntem Kiefer und einem frustrierten Ton fragte er: „Du bist Simon, richtig?"

„Xavier schickt mich für den Fall, dass du aussteigen willst. Es macht mir nichts aus, dir die Sub abzunehmen, wenn du das wünschst."

„Zur Hölle, ja. Nimm sie." Der Dom guckte mürrisch.

„Xavier hat mich gewarnt, dass mir die Sache über den Kopf wachsen könnte. Jetzt verstehe ich, was er meinte."

„Es ist noch kein Master vom Himmel gefallen. Hat sie irgendwelche Limits oder Wünsche geäußert?"

„Kein Blut. Kein Analsex. Ansonsten wollte sie improvisieren. Und als Safeword hat sie ‚Houston' gewählt."

„Wie in ‚Houston, wir haben ein Problem'?"

David grinste. „Genau."

Sinn für Humor hat sie also. Simon nickte und wandte seine Aufmerksamkeit Rona zu. Seine Vorfreude wuchs. Er wollte diese Frau seit der Minute, in der sie ihn das erste Mal berührt hatte. Gefühle folgten keiner Logik. Das Leben sowie der Kampfsport hatten ihm gelehrt, dass er seinen Instinkten vertrauen konnte.

Er hörte, wie David seine Tasche zusammenpackte und die Szene verließ. Nicht für eine Sekunde wandte er den Blick von der Sub ab. Er hatte sie dort, wo er sie von Anfang an haben wollte.

In der Zwischenzeit vergnügte sie sich: Sie schwang in ihren Fesseln wie ein Kind von rechts nach links, ein breites Grinsen auf ihren Lippen, das ansteckender nicht sein konnte. Ein Lächeln huschte über seine Lippen.

Als sie bemerkte, dass der junge Dom verschwand, rief sie: „Hey! David, wo willst du hin? Hey, warte!"

Simon näherte sich ihr. Langsam. Vorsichtig.

Sie sah ihn und ihre Augen weiteten sich.

Perfekt.

Oh, heilige Scheiße. *Master Simon.* Ihr Lachen verebbte und ihr Herz galoppierte bei seinem Anblick davon.

Sein Blick wanderte über sie – wie ein Funke, der über ihre Haut sprang.

Nachdem er seine braune Ledertasche abgestellt hatte, zog Master Simon seine Jacke aus und warf sie über einen Stuhl. Jetzt trug er nur noch sein weißes Hemd und die Weste. Ohne jede Eile entfernte er seine Manschettenknöpfe. Wie ein Vorbote erklang ein metallisches Geräusch, als er sie auf dem Tisch ablegte. Rona hielt den Atem an.

Er drehte sich zu ihr, rollte die Hemdärmel hoch und entblößte seine muskulösen Arme.

Oh Crom. Warte, wollte sie sagen, aber das Wort blieb ihr im Hals stecken.

Sie versuchte es nochmal. „W-warte. Du bist nicht ... Ich habe nicht ... Wo ist David – der andere Typ – hingegangen?"

Seine dunklen Augen blieben auf sie fixiert, während er sich auf sie zu bewegte. „Der *andere Typ* ist ein Dom. Ich nehme an, dass du ihn als Sub verwechselt hast." Seine gesenkte Stimme sandte ihr einen kalten Schauer über den Rücken. „Ich glaube nicht, dass dir bei mir der gleiche Fehler passieren wird."

„Ich denke nicht –"

„Sehr gut." Er unterbrach sie mitten im Satz. Das Gefühl seiner unnachgiebigen Hand an ihrem Kinn brachte sie vollends zum Schweigen. „Denken ist mein Job, nicht deiner. Dein Safeword ist ‚Houston'. Sag es, wenn irgendwas – sei es körperlich oder emotional – zu viel für dich wird."

Kurzzeitig überlegte sie, laut zu schreien. Sie holte tief Luft, um genau dies zu tun.

Sein Kiefer spannte sich an, wodurch er ihr Vorhaben im Keim erstickte. „Spiel nicht mit mir, Kleines", sagte er sanft.

Sie schüttelte ihren Kopf. *Würde ich niemals tun. Ich doch nicht.*

„Mir gefallen deine großen, unterwürfigen Augen." Er ließ seinen Blick über sie schweifen. „Und es gefällt mir noch mehr, dich in Ketten zu sehen."

Seine Worte riefen ihr wieder ins Bewusstsein, dass sie ihm völlig ausgeliefert war. Ein Angstschauer leistete dem erregten Kribbeln in ihrem Bauch Gesellschaft.

Er umfasste ihre Wange überraschend sanft.

„Nein, du musst keine Angst haben. Wir werden uns nur ein

bisschen unterhalten. Aber zuerst möchte ich dich mit jemandem bekanntmachen."

Master Simon drehte den Kopf zu einem Mann. Er stand abseits und trat auf Simons Anfrage näher. Der zweite Mann war ebenfalls in einem viktorianischen Anzug gekleidet und seine Hautfarbe war dunkler als die von Master Simon.

Beide Männer richteten die Aufmerksamkeit auf sie. Rona fühlte sich wie eine Maus, die in der Falle saß. „Ähm. Freut mich?"

Master Simons Lippen zuckten. „Rona, das ist Master Xavier, der Eigentümer dieses Establishments. Die Subs nennen ihn ‚Mein Lord'."

Ihre ursprüngliche Reaktion – *ihr habt doch alle einen an der Waffel* – erstarb, als sie in Xaviers ausdruckslose, dunkle Augen blickte.

„Es ist mir eine Freude, deine Bekanntschaft zu machen, Rona", sagte Master Xavier. Seine Stimme war ruhig und doch übertönte er mühelos die Myriade von Klängen um sie herum.

„Auch mir ist es ein wahres Vergnügen." *Ich liebe es, neuen Leuten in nichts als Unterwäsche zu begegnen.*

„Da wir heute Nacht ins neunzehnte Jahrhundert eingetaucht sind, lass mich dir offiziell Master Simon vorstellen." Ein Lächeln umspielte Xaviers Lippen. „Er ist in der BDSM-Community ein gern gesehener Dom und besticht durch einen tadellosen Ruf. Ich schätze mich glücklich, ihn meinen Freund nennen zu dürfen."

„Ähm." Sie schaute zu Simon. Ein Grübchen erschien auf seiner Wange, als würde er ihr Unbehagen genießen. Sie würde es genießen, ihn zu treten. Dummerweise war er im Besitz eines äußerst einschüchternden Floggers. „Danke, Xa – äh, mein Lord. Ich weiß diese Information zu schätzen."

Xavier nickte und drehte sich zum Gehen. Anscheinend war er fertig mit ihr.

Jetzt war sie mit Simon wieder allein. Das flaue Gefühl in ihrem Magen verstärkte sich.

„Hast du deine Erkundungstour genossen, Mädchen?" fragte er höflich.

Mädchen. Ihr Großvater in Glasgow hatte sie immer so genannt. Aus dem Mund eines selbstsicheren Mannes stellte der Ausdruck merkwürdige Dinge mit ihr an. Sofort fühlte sie sich jung, verunsichert und ... wunderschön. „Ja. Es ist ein interessanter Ort." Wollte er ernsthaft mit ihr ein normales Gespräch führen, während sie gefesselt und nackt vor ihm stand?

„Hast du dich zuvor schon mal in die Welt des BDSM gewagt? Zu Hause vielleicht?"

Soviel zum Thema: Normales Gespräch. Ihre Hände packten die Ketten. „Nein. Noch nie."

Er legte die Hand in ihren Nacken, direkt unter ihren Haarknoten. „Dann will ich dir deine erste Lektion erteilen."

„Aber ... warum? Warum ich?" Jede Frau, an der er vorbeigelaufen war, hatte ihm sehnsüchtige Blicke zugeworfen. *Ich bin weder jung noch dünn noch wunderschön.*

„Du, mein Mädchen, hast ein Problem mit deiner Selbstwahrnehmung."

Er hatte nicht Unrecht. Allerdings hatte sie einen Spiegel. Sie war nicht hässlich, das wusste sie, aber die Konkurrenz war dennoch beeindruckend. „Simon, ich –"

Seine Augen verengten sich und ihr Innerstes schmolz dahin wie Eiscreme in der Sonne. „Ich will nicht, dass du mich Simon nennst. Jedenfalls nicht im Club oder wenn du gefesselt bist ... oder in meinem Bett."

Der Gedanke in seinem Bett zu liegen, löste pure Erregung in ihr aus, die sich bis zu ihren Fingerspitzen vorwagte. Hatte er das mit Absicht getan? Sie holte tief Luft.

Konzentriere dich. „Was würdest du bevorzugen?"

„Du kannst mich ‚Sir' oder ‚Master Simon' nennen." Er streifte mit dem Finger über ihre Wange. „Ich glaube, bei dir würde ich mich mit einem einfachen ‚Master' begnügen."

Master? Nein, das klang übertrieben. Sie schüttelte den Kopf.

„Oh, ich denke doch", murmelte er. „Und nun lass uns darüber reden, was ich sehe, wenn ich dich anschaue."

Oder wir könnten es sein lassen.

„Du bist keine zwanzig mehr. Auch deine Dreißig hast du bereits hinter dir gelassen." Scheinbar geistesabwesend löste er eine der Haarnadeln, die ihre Frisur zusammenhielt. Er ignorierte ihr Stirnrunzeln und griff nach der zweiten Haarnadel. „Ich bevorzuge Frauen mit einer gewissen Lebenserfahrung. Ich möchte eine Frau, die ihren Emotionen nicht hilflos ausgeliefert ist und für die ein verpasstes Date oder eine Auseinandersetzung nicht das Ende der Welt bedeutet."

Rona erinnerte sich an den letzten Nervenzusammenbruch ihres Sohnes Eric, als seine neue Freundin ihn versetzt hatte, und lachte los.

„Wunderschön", sagte Simon. Die Funken in seinen Augen sprangen auf sie über. Er strich mit der Hand über ihren Arm und drückte sanft zu. „Ich habe nichts gegen Muskeln bei einer Frau, dennoch: Ich bevorzuge weiche Formen in meinem Bett. Und unter mir."

Seine Worte erregten sie so sehr, dass sie beschämt den Blick senkte. „Okay." *Guter Gott*, seit wann hatte sie solche Probleme, sich ordentlich auszudrücken? Um Himmels willen, sie war es gewohnt, Belegschaftsversammlungen vor arroganten Chirurgen zu führen! Sie drückte den Rücken durch und hob mutig das Kinn. „Es freut mich, dass du –"

„Ja." Er lächelte sie an. „Das ist genau das, was ich mit Erfahrung meine. Du brichst nicht so leicht zusammen." Die nächste Haarnadel glitt aus ihrem Haar. „Rona, es ist deine Entscheidung, aber ich wäre hocherfreut, dich mit BDSM vertraut zu machen."

Genau wie erwartet, war dieser Mann geschmeidig und gleichzeitig gefährlich. Und so verdammt verführerisch. Ihre Augen fielen zu seiner Ledertasche, die mit ... Sachen gefüllt war. Ein Lustschauer nach dem anderen jagte durch ihren Körper: Was würde er mit ihr anstellen?

Seine Lippen zuckten amüsiert. „Ah, das sieht mir ganz nach einem ,Ja' aus." Er zog die letzte Nadel aus ihren Haaren und ihre dunkelblonden Wellen fielen auf ihre Schultern. Er schob die Haarnadeln in seine Westentasche und fuhr mit den Fingern durch ihr Haar. Jeder kleine Ruck sandte neue Schauer durch ihren Körper. „Lass uns reden, damit ich erfahre, auf was du neugierig bist."

„Was?" Er wollte, dass sie ihm ihre Fantasien erzählte? Auf keinen Fall.

Er schob den Finger unter ihr Kinn und zwang sie, ihm in die Augen zu sehen. „Rona, die erste Regel in einer Dom-/Sub-Beziehung: Du teilst deine Gedanken, offen und ehrlich."

„Ich kenne dich doch gar nicht."

„Das ist wahr. Aber du hast gehört, wie Xavier für mich gebürgt hat. Du fühlst dich zu mir hingezogen. Schenke mir dein Vertrauen und teile mir mit, welche Sessions du im Club interessant fandest. Das ist doch nicht zu viel verlangt, oder?"

Sie hatte sich nicht mehr so in die Ecke gedrängt gefühlt, seit OP-Schwestern in ihr Büro gestürmt waren und sich über einen Chirurgen beschwert hatten, der mit Instrumenten um sich warf. „Nein, das kriege ich hin."

„Ausgezeichnet. Wenn man deine gegenwärtige Position betrachtet, dann findest du offensichtlich Bondage und öffentliche Zurschaustellung akzeptabel." Er legte ihr die Hand in den Nacken und seinen Daumen direkt auf ihre Halsschlagader. Seine wachen Augen blieben auf ihr Gesicht gerichtet. „BDSM schließt auch andere Freuden mit ein. Wie zum Beispiel Flogging."

Flogging? Was er mit der Frau auf der Bühne getan hatte?

Die Lachfältchen neben seinem Mund vertieften sich. „Dein Puls beschleunigt sich. Sehr schön."

„Auspeitschen?" Sie zuckte zusammen. Auf ihrer Erkundungstour war sie über ein Paar gestolpert, bei der der Dom eine lange Peitsche genutzt hatte, die fürchterliche, rote Striemen auf der Haut des Opfers hinterlassen hatte. „Nein."

25

„Was wäre, wenn ich nur die Hand benutzen würde? Ein Spanking auf deinen nackten Hintern."

Sie schluckte bei dem Gedanken daran, über dem Knie eines Mannes – dem Knie von Master Simon – zu liegen.

Die Liste ihrer Fantasien brauchte definitiv ein paar Anpassungen. „Ähm, vielleicht."

„Okay, also keine Peitsche, nur die Hände." Er nickte. „Was hältst du von heißem Wachs?" Er machte eine Pause. „Nadelspiele?"

Nadeln? Zum Spaß? Zur Hölle nein. Sie versuchte, sich aus seinem Griff zu befreien, doch seine Hand festigte sich um ihren Hals. „Beruhige dich, Mädchen. Ich würde sagen Wachs ist eine Option, aber Nadelspiele ein definitives Nein. Habe ich das richtig interpretiert?"

Konnte er jeden Menschen so leicht durchschauen, oder nur sie? Sie nickte.

Sein Mundwinkel zuckte und im nächsten Moment strich er mit den Lippen über ihren Mund. Sein Mund verharrte, samtweich und entschlossen. Ohne nachzudenken, streckte sie sich ihm entgegen.

„Du schmeckst süß", hauchte er an ihren Lippen. Er nahm ihr Gesicht zwischen seine Hände, schob die Zunge zwischen ihre Lippen und verlangte Einlass. Gemächlich küsste er sie. Gemächlich und doch leidenschaftlich.

Mit ihren gefesselten Händen war sie seiner Gnade ausgeliefert. Die Erkenntnis löste ein Kribbeln in ihr aus, das von Vorfreude sprach.

Er hob seinen Kopf und betrachtete sie. Dann lächelte er und küsste sie noch einmal, bis jeder Tropfen ihres Blutes sich in ihrer unteren Hälfte angesammelt hatte. Ihr Körper bebte vor unerfüllter Begierde. Sie wollte mehr.

Er lehnte sich etwas zurück und streichelte über ihre linke Wange.

„Wo war ich stehengeblieben? Oh ja, es gibt eine Vielzahl

von Spielzeugen, um Spaß zu haben: Dildos, Vibratoren, Analplugs."

Der Gedanke daran, dass er diese Spielzeuge an ihr verwenden würde, erregte sie. „Vielleicht."

Ein Lächeln huschte über seine Lippen. „Das war mehr als ein ‚Vielleicht', Mädchen. Hast du Erfahrung mit Analplugs?"

Besagtes Loch zuckte. Sie verspürte den Drang, ihre Rückseite zu bedecken. Erst dann erinnerte sie sich, dass sie das nicht konnte, weil ihre Hände über ihrem Kopf gefesselt waren. „Nein."

„Ich freu mich schon drauf, deine Reaktion zu sehen. Hast du die Session mit den Saugglocken gesehen?"

Oh, das hatte sie. „Ja", sagte sie heiser.

Er zog eine Augenbraue hoch. „Interessant. Und wo denkst du, sollte ein Master diese Saugglocken noch anwenden?"

Die Domina hatte den Rücken ihrer Sub bearbeitet. Rona jedoch stellte es sich erregend vor, wenn er stattdessen ihre Nippel oder ihre … Klitoris als Ziel wählen würde. Hitze schoss ihr ins Gesicht.

Er entließ ein tiefes Lachen. „Ich kann es nicht erwarten. Ich werde es genauso genießen wie du."

„Ich habe nicht ‚Ja' gesagt." Hatte sie nicht, *verdammt*.

„Das musstest du auch nicht." Er streckte die Hände nach dem Band aus, das ihr Unterhemd zusammenhielt. Ihre Nippel pochten bei der kleinsten Berührung.

„Wie sieht es mit Elektrostimulation aus?"

Sie war sich seiner Hand oberhalb ihrer Brüste sehr wohl bewusst. Sich auf seine Frage zu konzentrieren, fiel ihr deshalb schwer. „Elektrostimulation?" Zunächst schüttelte sie den Kopf, doch dann kam ihr ein Gedanke: Vor ein paar Jahren hatte ein Chiropraktiker einmal ein TENS-Gerät an ihrem schmerzenden Rücken verwendet. Konnte man diese Elektroden auch woanders platzieren? Die Wände ihres Geschlechts zogen sich zusammen und riefen ihr in Erinnerung, wie feucht sie bereits war.

„Oh ja." Das Glitzern in seinen Augen bereitete ihr leichte Bauchschmerzen.

Sie schluckte. „Warum so viele Fragen für dieses eine Mal?"

„Es gibt immer ein nächstes Mal, Kleines. Noch eine letzte Frage." Er musterte ihr Gesicht, während er mit den Fingerknöcheln über die entblößten Hügel ihrer Brüste fuhr. Je näher er dem bedeckten Teil kam, umso mehr richteten sich ihre Nippel auf. „Wie sieht es mit Geschlechtsverkehr aus?"

Sex? Sie hielt den Atem an. Sex mit ihm? Jede Zelle in ihrem Körper meldete sich zu Wort und wedelte mit den Pompons. Ihr Blick wanderte zu seiner Taille. Schnell wandte sie wieder die Augen ab. War sie von allen guten Geistern verlassen? „Äh, nein. Ich denke nicht."

„Okay. Dann werde ich heute nur meine Hände benutzen." Er hatte es nicht als Frage formuliert.

„Äh ..." Sie nickte. Hände schienen in Ordnung. Der Gedanke daran, dass er sie nahm und in sie eindrang ... Nein, dafür war sie noch nicht bereit. Vielleicht wäre sie dafür nie bereit.

„Okay", sagte er leichthin. „Lass uns beginnen." Er umkreiste sie. Jeder seiner Blicke schien sich direkt durch ihre wenige Kleidung zu bohren. „Du siehst wunderschön aus. Die viktorianische Kleidung steht dir ungemein gut, aber für mein nächstes Vorhaben brauchen wir sie nicht." Ohne ihre Erlaubnis löste er ihr Korsett. Haken für Haken legte er sie frei. Jetzt stand sie nur noch in ihrer Unterwäsche vor ihm.

Zu ihrer Überraschung fuhr er mit seinen Händen über ihre Rippen und massierte die schmerzhaften Abdrücke, die das Korsett hinterlassen hatte. Sie entließ ein befriedigtes Stöhnen. „Danke."

Sein Lächeln raubte ihr den Atem – wie ein plötzlicher Sonnenstrahl auf seinem ernsten Gesicht. „Ich habe gehört, dass sie nicht besonders bequem sind." Er streckte die Arme in die Höhe und löste ihren rechten Arm aus den Fesseln.

Ihr war klar, was er vorhatte: Er wollte ihr das Unterhemd über den Kopf ziehen und ihre Brüste entblößen.

An einem Arm war sie noch immer gefesselt, weshalb es keinen Sinn machte, sich seinem Plan zu verweigern.

Er hob die Augenbrauen.

Bei David, dem anderen Dom, hatte sie die Kontrolle gehabt. Nicht aber bei Master Simon. Er sprach nicht mal mit ihr. Ein Blick von ihm reichte aus und ihre Verteidigung schmolz dahin. Sie seufzte.

„Gutes Mädchen", sagte er und seine Stimme war so zärtlich wie eine Liebkosung. Nachdem er ihren Arm aus dem Unterhemd gefädelt hatte, streckte er seine Hand mit der Handfläche nach oben aus.

Für eine Sekunde konnte sie sich nicht bewegen. Wollte sie, dass er ihr Handgelenk wieder fesselte? In ihrem Bauch wurde ein Erdbeben ausgelöst. Und dann legte sie ihre Hand in die seine.

Er sah sie zufrieden an. „Und das ist es, was Unterwürfigkeit ausmacht, Rona", sagte er, als er ihr Handgelenk wieder über ihrem Kopf befestigte. „Sicher könnte ich dich zwingen, aber das wäre Missbrauch. Als Dom übe ich nur die Macht aus, die du mir freiwillig aushändigst."

Er wiederholte den Prozess mit ihrem linken Arm und kurz darauf war sie von der Hüfte aufwärts nackt.

Eine kalte Brise wehte über ihre Brüste. Sie sah sich in der Umgebung um. *Oh, mein Gott,* zwei Doms und ihre Subs hatten angehalten, um dem Schauspiel beizuwohnen. Ein Schwall heißer Röte schoss ihr ins Gesicht. Was machte sie hier? Warum ließ sie sich von ihm ausziehen?

„Schau mich an, Sub."

Ihr Blick kehrte zu ihm zurück. Er sah ihr tief in die Augen, bis alles um sie herum verblasste. Nur seine dunklen Augen waren noch von Bedeutung. Er studierte sie für einen langen Moment. Ihre Muskeln spannten sich unter seiner Beobachtung an. Ohne den Blick von ihr zu nehmen, legte er beide Hände auf ihre Brüste.

Oh Crom! Lust überschwemmte sie wie eine Flutwelle. Ihre Nippel waren mittlerweile so hart, dass es wehtat.

„Du hast wunderschöne Brüste, Rona." Er hielt inne und runzelte dann die Stirn. „Die angemessene Antwort auf ein Kompliment ist ein ‚Danke, Sir'."

„Danke, Sir", flüsterte sie. Er kniff in beide Nippel und löste zwei Gefühle in ihr aus: Einerseits hatte sie das Bedürfnis wegzurennen und andererseits sehnte sie sich danach, sich ihm entgegenzustrecken. Sie konnte nicht fassen, wie feucht sie bereits war.

Als könnte er ihre Gedanken lesen, schob er ein Bein zwischen ihre Schenkel und spreizte ihre Beine. „Ist deine Unterhose traditionell?" Er strich mit seinem Finger über ihre entblößte Haut oberhalb des Bundes und ihr Bauch flatterte aufgeregt.

„Traditionell?"

„Offen im Schritt?" Er führte seine Hand zwischen ihre Beine, direkt zu ihrer entblößten Pussy.

Sie sog scharf den Atem ein.

Ein zufriedenes Lächeln zeigte sich in seinem gebräunten Gesicht. „Ich liebe historische Genauigkeit." Gemächlich fuhr er mit einem Finger durch ihre nassen Falten, vor und zurück, ohne die wild pochende Knospe am oberen Ende zu berühren. Ihr Kopf drehte sich und sie unternahm den Versuch, ihre Schenkel zusammen zu pressen. Sofort erntete sie dafür einen Blick von ihm, an den sie sich langsam gewöhnte.

„Nicht bewegen, Kleines, sonst muss ich deine Beine auch festbinden."

Sie erstarrte. *Bitte was?*

Es dauerte nicht lange, bis er sie durch seine Berührungen aus ihrer Starre lockte. Ihre Schenkel zitterten unkontrolliert, während seine Finger sie erkundeten. Er umkreiste ihre Klitoris, glitt nach unten und tat das Gleiche mit ihrem Eingang. Dann ging er einen Schritt weiter: Er drang mit einem Finger in sie ein. Sie stellte sich auf die Zehenspitzen und versuchte, ein Stöhnen zu unterdrücken.

„Wunderschön", murmelte er. Selbst durch das Rauschen des Blutes in ihren Ohren konnte sie die Anerkennung in seiner tiefen Stimme hören. Sein Finger drang tiefer vor. Zusätzlich stimulierte er sie mit einer Hand auf ihrer Brust, berührte, knetete und zwickte in ihren empfindlichen Nippel.

Oh Crom! Sie wurde von einer Lawine aus purem Verlangen erfasst. Dann presste er seinen Daumen gegen ihre Klitoris und alles um sie herum verlor an Bedeutung. Es zählten nur noch seine Hände auf ihrem Körper. Ihre Augen schlossen sich und die Wände ihres Geschlechts zuckten.

„Oh nein, noch nicht, meine Hübsche", sagte er. Er nahm seine Hände weg. „Ich will, dass du dem Orgasmus so nah wie möglich bist, wenn ich dir eine Lektion über Schmerz erteile."

Ihre Augen schossen auf. *Schmerz?*

Der Flogger, den er aus dem Sack nahm, wies Unterschiede zu der Peitsche auf, die er an der Frau benutzt hatte. Dennoch fehlte es nicht an mehrschwänzigen Riemen und einem Ledergriff.

„Du willst mich auspeitschen?" Ihre Stimme zitterte.

Die dunklen Augen glitzerten vor Belustigung. „Richtig geraten." Er strich mit dem Flogger über ihre Beine, ihren Bauch und betörte mit den weichen Riemen ihre Brüste. Ihre Nippel pulsierten. Der Geruch nach Leder füllte die Luft und er führte den Flogger über einen Arm nach oben und über den Rücken nach unten. Er behielt die Praxis bei, bis ihre Haut so empfindlich war, dass jede zarte Liebkosung Begierde durch ihren ausgehungerten Körper fahren ließ.

Der Flogger bahnte sich einen Weg über ihren Hintern und dann – wie aus dem Nichts – teilte er den ersten Schlag aus.

Sie zuckte zusammen. Es tat nicht weh; es brannte auch nicht. Es fühlte sich an, als würde er mit winzigen Hämmern gegen ihre Haut klopfen. Er bewegte sich über ihre Waden und dann zur Vorderseite. Langsam fanden die Riemen ihren Weg über ihre Beine. Sie erinnerte sich daran, wo er bei der Vorführrung als Nächstes hingeschlagen hatte und versuchte, die Schenkel zusammenzupressen.

„Nicht bewegen, sonst muss ich meine Drohung wahrmachen und deine Knöchel fesseln." Er klang nicht verärgert, aber sie vernahm die Ernsthaftigkeit, die er in seine Stimme gelegt hatte.

Sie zögerte keinen Moment und spreizte die Beine. Ein bisschen. Durch ihre Wimpern fand sie seinen missbilligenden Blick und ihre Schenkel spreizten sich so weit wie möglich. Ihre Pussy lag offen vor ihm. Ein Schauer durchlief sie. Ja, sie fühlte sich verletzlich. Warum hatte sie dann das Safeword noch nicht benutzt?

Sein durchdringender Blick löschte den letzten Gedanken aus. Er hielt sie mit seinen Augen gefangen. Sie fühlte sich so ... lebendig. Ihre Nervenenden summten. Sie konnte nicht fassen, wie erregt sie war.

Er schob den Griff des Floggers in seine Hose, zwischen Bund und Hemd, und näherte sich ihr.

„Du bist ein braves Mädchen."

Seine Hände umfassten ihre Brüste, seine Daumen umkreisten ihre Nippel. Jede seiner Berührungen fühlte sich wie ein Blitzschlag auf ihrer Klitoris an. Ihrer entblößten Klitoris. In ihrer derzeitigen Position bettelte ihr geschwollenes Nervenbündel geradezu darum, von ihm berührt zu werden. Ihre Hüften rotierten. *Oh Gott*, hatte sie gerade wirklich wortlos um mehr gebettelt? Sie biss sich beschämt auf die Lippe. So war sie nicht. Noch nie hatte sie irgendjemanden um etwas angefleht. Und doch ... *Bitte berühre mich.*

Ohne den Blick von ihrem Gesicht abzuwenden, legte er die Hand auf ihr Geschlecht. Er fand sie feucht vor und glitt mit den Fingern durch ihre Spalte. Er schnellte über ihre Klitoris und sie schnappte nach Luft. Sein Finger gab ihr Zeit, sich zu erholen, glitt erneut durch ihre Spalte und sammelte genügend Nässe, um ihre Klitoris zu umkreisen.

In ihr baute sich ein Druck auf. Nur noch ein bisschen mehr. Sie entließ ein verzweifeltes Stöhnen.

„Wunderschön", murmelte er und trat zurück. Bevor sie protestieren konnte, traf sie wieder der Flogger. Über ihre Beine, vorn und hinten, dann über ihren Hintern. Langsam bildete sich ein Brennen. Es tat nicht weh, nicht wirklich. Sanft schlug er gegen ihre Schultern und ihre Hüften. Mit jeder Runde verstärkte er die Schläge.

Was wirklich schmerzte, war das Bedürfnis danach, seine Hände auf sich spüren zu wollen.

Seine Augen verengten sich. „Ah ja. Dein Verstand hat wieder die Kontrolle übernommen. Anscheinend hattest du noch nicht genug."

Sie schöpfte Atem und hoffte, dass er sie jetzt berühren würde. Es war erstaunlich, wie er ihre Hemmungen ausradiert hatte.

Er lächelte, legte den Flogger neben seine Tasche und zog ein Lederhalsband heraus, das so breit wie sein Arm war.

Ein Halsband? *Meinte er das, als er sagte, dass ich noch nicht genug hatte?*

Er legte es ihr um den Hals und hob ihr Kinn, um die Schnalle schließen zu können. Geduldig strich er über ihre Wange und wartete. *Auf was?*

Das Halsband war nicht unangenehm eng. Als sie jedoch versuchte, sich zu bewegen, bemerkte sie, dass das Halsband zu jeder Zeit dazu führte, dass sie nicht den Blick senken konnte. Panik machte sich in ihr breit. Im nächsten Augenblick sah sie ihm in die Augen und ihre Panik verflog.

„Ich werde dich nicht verlassen, meine Hübsche. Wenn es dir zu viel wird, dann benutze dein Safeword. Verstanden?"

Sie versuchte, zu nicken, doch das Halsband unterband dies.

Seine Augen glühten. „Sag: ,Ja, Sir'."

„Ja, Sir."

33

„Gut. Und jetzt: Nicht bewegen, damit ich meinen Spaß haben kann."

Was meinte er damit? Sie ballte die Hände zu Fäusten, als er sich vor sie kniete. Durch das Halsband war es ihr nicht möglich, den Blick zu senken. *Der Bastard.* Dennoch war sie noch nie so erregt gewesen wie in diesem Moment. Sie wartete. Sie wartete auf seine Berührung. Sie konnte nichts anderes tun, als zu warten.

Sie hörte ein Rascheln. Sie fühlte seine Hände an ihrer Pussy. Er machte mit ihr, was auch immer er wollte. Und es fühlte sich verdammt gut an. Er schnallte ihr eine Art Harness um ihre Schenkel und ihre Taille. *Okay, bisher kein Problem.* Doch dann drang etwas in sie ein. Etwas Kaltes. Etwas Hartes. Definitiv nicht sein Finger.

„Was machst du?" Ihre Stimme zitterte.

„Was auch immer ich will, meine Hübsche." Flüssigkeit tropfte von ihrer Pussy, nass und kalt. Sie spürte einen Druck an ihrer Klitoris – einen Druck, der nicht nachließ. Es war nicht schmerzhaft, aber ... verstörend. Weitere Geräusche folgten: ein Klappern, ein Ruckeln, ein Rascheln. „Ich justiere nur alles, damit alles an Ort und Stelle bleibt."

Damit was an Ort und Stelle bleibt? Von dem Druck, der auf ihrer Klitoris lastete, und dem unbekannten Gegenstand, der in ihr steckte, bebte ihr gesamter Körper. Was machte er?

Als er wieder aufstand, hatte er ein Mikrofon an seinem Kragen und eine kleine Box – *eine Fernbedienung?* – an seinem Gürtel.

Bevor sie die Puzzleteile zusammensetzen konnte, fuhr er mit den Händen über ihren Körper, umfasste ihre Brüste und sandte flüssige Hitze durch ihre Adern. Seine Lippen fanden die ihren und er küsste sie. *Mein Gott*, und wie er sie küsste. Unter seinen weichen Lippen entspannte sie sich.

Er zog sich zurück, lächelte sie an und betätigte einen Knopf an der Fernbedienung.

Es folgten pulsierende Vibrationen, die sie an ihrer Klitoris und tief in sich spürte. Sie zuckte zusammen und riss die Augen weit auf. „Was ist das?"

„Ich werde es dir in Kürze zeigen. Im Moment besteht deine einzige Aufgabe darin, mir zu sagen, wenn es unbehaglich wird." Er legte einen Finger unter ihr Kinn und betrachtete sie kompromisslos. „Ansonsten will ich keinen Ton von dir hören. Habe ich mich klar ausgedrückt, Kleines?"

Sie erstarrte und dennoch schmolz sie bei dem Klang seiner tiefen, klangvollen Stimme dahin. „Ja, Sir."

Das Pulsieren verstärkte sich. Es fühlte sich anders an als bei einem Vibrator. Die Wellen kamen von innen und trotzdem spürte sie, wie ihre Klitoris reagierte. Sie schwoll an und pulsierte im Rhythmus der undefinierbaren Apparatur. Sie lechzte nach mehr. Sie wollte mehr und wusste doch, dass es niemals ausreichen würde. Sie unterdrückte ein Stöhnen. Im nächsten Augenblick fiel ihr auf, dass er ein paar Schritte zurückgetreten war, um sie zu beobachten.

Er nickte. „Perfekt." Der Flogger kam wieder zum Einsatz. Simon schlug sie gegen ihre Schenkel. Die zusätzliche Einwirkung schockierte sie und wirkte sich direkt auf ihre Klitoris aus. Ihre Beine zitterten und sie wankte. Er hörte nicht auf. Die Lederriemen näherten sich ihrem Rücken. Mit jedem Hieb stieg der Druck in ihrer Pussy. Das brennende Verlangen war kaum noch zu zügeln.

Sie schloss die Augen und ließ sich von den Empfindungen überschwemmen.

Er peitschte ihren Hintern und die Rückseite ihrer Oberschenkel. „Rona."

Bei seinen Worten nahm das Kribbeln an ihrer Klitoris in Stärke zu und sie entließ ein verzweifeltes, gedehntes Stöhnen.

Eine Sekunde später ließ das Pulsieren nach. Der Flogger nicht. „Rona. Schau mich an."

Und wieder intensivierten sich die Vibrationen. Nur für ein paar Sekunden. Niemals lange genug, um Erlösung zu erfahren.

Der Flogger kam nicht zur Ruhe. Er wob ein sensorisches

Netz um sie. Schlag über Schlag, ihre Beine hoch und sich ihrer Pussy nähernd.

Oh Gott, nur ein bisschen mehr. Ihre Hände ballten sich zu Fäusten. Ihr Mund war wie ausgetrocknet.

„Schau. Mich. An.“

Die Pulsschläge verstärkten sich. Eine versengende Welle der Erregung schwappte über sie hinweg. *Gleich, gleich, gleich.* Sie war dem Höhepunkt so verdammt nah und ... wieder schwächten die Vibrationen ab. Sie wimmerte und zwang sich, die Augen zu öffnen.

Er schenkte ihr ein breites Lächeln. „Braves Mädchen.“

Sie bäumte sich auf, als sie aufs Neue von den pulsierenden Empfindungen erfasst wurde. Als sie wieder abebbten, fiel ihr Blick auf das Mikro an seinem Kragen. *Oh Crom.* Er konnte die Intensität mit seiner Stimme beeinflussen.

Simon schlug härter zu. Mit jedem Aufprall folgte ein brennender Schmerz, der neue Begierde in ihr weckte. Verlangen eroberte ihren Körper.

Trotz allem konnte sie den Höhepunkt nicht erreichen. Sie winselte. „Bitte ...“

Er entließ ein tiefes Lachen. Der Laut hatte direkten Einfluss auf ihre Klitoris und fachte sie weiter an.

Ihre Fingernägel bohrten sich in ihre Handflächen. Sie stand so nah am Abgrund. Schmerz und Lust waren ihre Begleiter. Sie fühlte sich dem Tod nah, obwohl sie sich noch nie so lebendig gefühlt hatte.

„Okay, meine Hübsche“, flüsterte er.

Oh Gott, das Gefühl, das er mit seinen Worten auslöste ... Schweiß tropfte ihren Rücken hinunter. Sie versuchte, sich der Erlösung entgegenzustrecken. Doch keine Chance: Alleine würde sie es nicht schaffen.

Dann sagte er: „Dann lass uns mal hören, wie laut du schreien kannst, Kleines.“ Die Vibrationen verstärkten sich auf befriedigende Weise und die Lederriemen des Floggers kitzelten weiterhin über ihre Brüste.

Die Explosion war unvermeidlich: Blendende Lust durchfuhr sie sintflutartig und schüttelte sie durch wie eine Stoffpuppe. Ihre Beine konnten sie nicht länger halten und knickten unter ihr ein.

„Wunderschön", sagte er. Seine Stimme löste weitere Vibrationen aus. Sie konnte nichts tun. Sie ergab sich den Wellen der Lust und ließ sich treiben. Sie konnte nur genießen. Sie konnte nur fühlen. Als es vorbei war, erschlaffte sie in den Ketten. Benebelt. Befriedigt. Betäubt.

Sie registrierte kaum, wie er sie aus ihren Fesseln befreite. Zuerst nahm er den Harness um ihre Taille ab. Dann folgte das Halsband. Ihr Kopf fühlte sich so schwer an und sie musste ihn an ihrem noch immer angeketteten Arm anlehnen.

„Gib mir noch eine Minute, Mädchen." Er löste die Fesseln um ihre Handgelenke und wickelte einen Arm um ihre Taille, da sie sonst zu Boden gerutscht wäre. Eine Sekunde später erkannte sie durch den immer noch anhaltenden Nebel der Befriedung, dass irgendjemand sie trug. Sie blinzelte erstaunt. Simon. *Er trägt mich?* Sie starrte auf seinen muskulösen Hals und den markanten Kiefer. Steinharte Arme pressten sie an seine Brust und der Duft seines subtilen, moschusartigen Eau de Cologne umgab sie. Das verstörende Gefühl von Verletzlichkeit vermischte sich mit dem wundervollen Gefühl, dass sie in seinen Armen in Sicherheit war.

KAPITEL DREI

Er konnte sich nicht erinnern, wann er das letzte Mal eine so reizende Last in den Armen getragen hatte. Es war berauschend, wie perfekt sich ihr Körper an seinen schmiegte und er fragte sich, ob ihre Persönlichkeiten genauso gut zusammenpassen würden. Alles in ihm sagte ‚Ja'. Ob das nun logisch war oder nicht.

In der Nähe setzte er sich in einen Ledersessel und platzierte sie auf seinem Schoß.

Ihr weicher Arsch presste sich gegen seinen schmerzvoll erigierten Schwanz und anscheinend entging ihr der Zustand nicht. „Was ist mit dir?", murmelte sie. „Kann ich –"

„Nein, Süße." Er küsste ihre Schläfe. Bei dem Gedanken, dass sie zurückgeben wollte, hielt Wärme in seinem Herzen Einzug. „Heute Abend wollte ich dir Befriedigung verschaffen."

Nicht, dass er hatte leiden müssen. Ganz im Gegenteil. Er hatte es genossen, sie mit BDSM vertraut zu machen. Wenn er ehrlich war, konnte er sich nicht erinnern, wann er das letzte Mal eine Session so genossen hatte. Er lächelte, als er sich daran erinnerte, wie die Vorsicht in ihren Augen mit der Zeit der Erregung gewichen war. Obwohl sie sich erst vor wenigen Stunden kennengelernt hatten, hatte sie ihm ihr Vertrauen geschenkt und damit sein Herz berührt.

Er rieb sein Kinn an ihrem seidenweichen Haar und atmete den Duft von Vanille und Zitrone tief ein. Ihre Nähe vermochte es, ihn in der wilden Umgebung des Clubs in ein Paradies zu verfrachten. Ihre Wange ruhte an seiner Brust und sie krallte sich an seinem Hemd fest, als hätte sie Angst, dass er sie verlassen würde. *Auf keinen Fall.*

Allerdings sollte sie es sich nicht zu gemütlich machen. Er wollte sie aus dem Gleichgewicht bringen. Jedenfalls für heute. Er festigte seinen Griff um ihre Taille und streichelte mit der anderen Hand über ihre nackten Brüste. Sie zuckte zusammen und er lächelte.

„Nicht bewegen", warnte er seine süße Sub. Sie erstarrte.

Er genoss das Gefühl ihrer runden Brüste. Trotz ihres kürzlichen Orgasmus reagierten ihre samtweichen Nippel und richteten sich auf. Als er in eine rosafarbene Knospe zwickte, erschauerte sie und fand seinen Blick.

Ihre türkisfarbenen Augen behielten von den Nachwirkungen der Session eine Verletzlichkeit, die seinen Beschützerinstinkt weckte. *Verrückt.* Ein Gefühl so intensiv, das er bisher nur einmal erlebt hatte: Bei der Geburt seines Sohnes. Er gab ihr einen kleinen Kuss und fühlte, wie sie sich entspannte.

„Hat dir deine erste Erfahrung mit BDSM gefallen?", fragte er. Eigentlich war er sich seiner Antwort sicher. Schließlich war er von ihrem überwältigendem Orgasmus Zeuge geworden. Er wusste jedoch, dass es unmöglich war, die Ängste und Sorgen einer Frau innerhalb weniger Stunden auszulöschen.

„Also. Ich ... Ja, es hat mir gefallen."

Keine zurückhaltende Antwort von seiner Sub. *Verdammt*, sie gefiel ihm.

Er strich ihr über die Wange und hielt ihren Blick gefangen. „Welcher Teil hat dir am besten gefallen?"

Sie erstarrte. Anscheinend war ihr diese Frage nun doch zu

intim. Daran würde sie sich mit ihm gewöhnen müssen. Auf Ehrlichkeit setzte er nicht nur als Dom großen Wert, sondern auch als Liebhaber. Er hatte das Bedürfnis, sie kennenzulernen. Er wollte nicht nur ihren Körper näher erkunden, sondern auch Einblicke in ihre Seele gewinnen. Er packte sie fester und führte die andere Hand wieder zu ihren Brüsten. Er wollte die körperliche Intimität verstärken, um sie an die emotionale Intimität anzugleichen.

„Antworte mir", befahl er.

Ihr Körper wurde auf seinen strengen Befehl hin nachgiebig. *Unterwürfig.*

„Also gut, ich helfe dir: Mochtest du das Flogging?" Er strich mit der Hand über ihren Hintern und wanderte zur Unterseite, wo er sie am härtesten getroffen hatte. Er packte die wunde Stelle und sie quietschte.

„Was hältst du von der Elektrostimulation?" Er fand ihre noch immer feuchte Pussy und atmete tief den Duft ihrer Erregung ein.

Sie erstarrte und versuchte aufzustehen, aber das ließ er nicht zu. Er legte den Arm um ihre Schulter. Sie würde nirgendwohin gehen. Er glitt mit seinen Fingern über ihre geschwollenen Schamlippen und rieb über ihre Klitoris.

Sie sog scharf den Atem ein.

War sie jedem gegenüber so empfänglich? Würde sie mit jedem Mann diese tiefe Verbindung spüren? „Muss ich mich wiederholen?"

Zwei Menschen, die vorbeiliefen, hörten mit und lachten bei seinem Ton.

Ihre Wangen nahmen ein sinnliches Rosa an. Sie räusperte sich. „Nein. Die Sache mit dem Strom: Wenn ich gewusst hätte, was du vorhast, dann –"

„Willst du mir damit sagen, dass du niemals eine Elektrode in die Nähe deiner Pussy gelassen hättest?"

„Crom, nein."

Crom. Er hatte dieses merkwürdige Wort, als Fluch gebraucht, schon einmal gehört. Nur wo?

Er erinnerte sich und lächelte. „Die Unruhen nach dem Football-Spiel."

„Was?"

„Letztes Jahr hast du meinem Sohn geholfen, als er bei den Unruhen nach dem Football-Spiel verletzt wurde." Während Simon gegen die wütende Menge angekämpft hatte, damit Danny nicht zertrampelt wurde, hatte Rona den gebrochenen Arm seines Sohnes geschient und ihn auf andere Verletzungen hin untersucht. Ihre tiefe Stimme war mitfühlend und ihr sachlicher Ton aufmunternd gewesen. Sie hatte ihre zwei Jungs herangerufen und sie gebeten, Danny aus der Menschenmasse zu bringen. Danach hatte sie sich mit ihren Söhnen um andere Verletzte gekümmert. Danny nannte sie auch heute noch ihren Football-Engel.

„Oh." Sie runzelte die Stirn. „Ich kann mich nicht an dich erinnern."

„Deine Konzentration galt einzig und allein meinem verletzten Sohn." Er rieb sein Kinn an ihren Haaren. Eine Baseballkappe hatte ihre Wellen an diesem Abend verborgen. Zudem hatte sie eine Jeans und eine Collegejacke getragen. Kein Wunder, dass er sie nicht sofort wiedererkannt hatte. „Eine Frage noch: Was ist ein Crom?"

Ein heiseres Lachen entrang ihr und er grinste. Er hatte recht behalten: Ihre Stimme war nach mehreren Orgasmen tatsächlich tiefer geworden. „Crom ist die Gottheit in dem Film *Conan der Barbar*. Meine Superhelden vergötternden Söhne und ich haben entschieden, dass Crom nichts dagegen hat, wenn wir seinen Namen missbrauchen."

„Ah." Praktisch und originell. „Also mein Sohn und ich danken dir für die Hilfe an diesem Abend." Zum Dank küsste er sie sanft. Er betörte sie mit seinem Mund und genoss ihre Nachgiebigkeit, ihre Bereitschaft, den Moment zu genießen, und ihre entzückende Fertigkeit, mit der sie ihre Zunge über seine Lippen gleiten ließ.

Er rieb mit einem Finger über ihre Klitoris und sie stöhnte

sanft. Anscheinend waren sie doch noch nicht fertig. Wenn es nach ihm ginge, durfte der Moment niemals enden.

Behutsam zwickte er in ihre Klitoris. Als sie nach Luft schnappte, imitierte er mit seiner Zunge die Invasion, die er mit seinem Finger weiter unten vornahm. Mit der Zeit stieß er härter zu. Er sah und fühlte, wie erregt sie war.

Nachdem er den Kuss beendet hatte, lächelte er sie an. Ihre Augen strahlten voller Leidenschaft; ihre Lippen waren rot und geschwollen. Die Hand um seinen Hals wollte seinen Kopf wieder zu sich ziehen, während ihre Pussy um seinen Finger pulsierte. Leidenschaftlich und empfänglich. Intelligent, mutig und unterwürfig. Sie war völlig unerwartet in sein Leben getreten und jetzt wollte er sie nicht wieder gehen lassen. Er nahm einen langsamen, ruhigen Atemzug. „Lass mich den Bereich der Session säubern. Danach können wir uns einen ruhigen Ort suchen, um weiterzuspielen." Der viktorianische Raum passte perfekt, auch wegen des heutigen Mottos. Er konnte sie sich gut in dem Raum vorstellen: angebunden ans Himmelbett.

Er beobachtete sie. Sie riss die Augen auf und verengte sie dann. Ihr Verstand hatte sich erneut zu Wort gemeldet.

Rona richtete sich auf, bestürzt über ihr Betragen. Sicher, sie wollte die Welt erkunden, aber das hier? Was hatte sie sich bloß dabei gedacht, sich ohne Fallschirm in die Situation zu stürzen?

Sie kannte diesen Mann kaum und er berührte sie, als gehörte sie ihm. *Crom*, sein Finger füllte sie immer noch aus und ließ ihren Widerstand bröckeln. Sie packte sein Handgelenk mit den sexy Adern und versuchte, ihn von sich zu schieben.

Der Arm bewegte sich keinen Millimeter. Stattdessen presste er die Handfläche gegen ihre pochende Klitoris.

Eine Welle der Erregung sandte sengende Hitze durch ihren Körper. Sie saß doch nicht in einer Sauna, oder?

Sie atmete tief ein. Am liebsten würde sie ‚Mehr' sagen. Stattdessen hauchte sie: „Aufhören. Bitte."

Sein Kopf neigte sich. Er beobachtete sie mit einer Intensität, die sie noch heißer machte. Schlussendlich glitt er aus ihrer Hitze heraus. So langsam, dass sie am liebsten geschrien hätte.

Sie fühlte, dass sie errötete. *Wie peinlich.* Er wusste genau, wie sehr er sie erregte. *Verdammt.* Sein Mundwinkel zuckte amüsiert, aber der Arm um ihre Schultern lockerte sich. Er wollte sie nicht bedrängen.

Sie nahm einen tiefen, befreiten Atemzug. Dann fiel ihr Blick auf seine Hand, die gerade noch zwischen ihren Schenkeln gewesen war. Er hob sie zu seinen Lippen und leckte die Finger ab, die mit ihrer Nässe bedeckt waren. Er stöhnte, als wäre sie eine Delikatesse, die man sich nicht entgehen lassen durfte.

„Du schmeckst genauso süß, wie ich es mir gedacht habe." Seine Augen ließen keinen Zweifel daran, dass er am liebsten direkt von der Quelle kosten würde.

Ihre Pussy zuckte erwartungsvoll. Sie fühlte sich so leer. Noch immer loderte ein Feuer in ihr. *Nimm mich. Nein, nein!* Ihre Gedanken spielten verrückt, wie das Herz bei einem Kammerflimmern. Plötzlich erinnerte sie sich daran, warum sie jetzt gehen sollte. Der zweite Punkt auf ihrer *Ich bestimme mein Leben*-Liste: Für mindestens ein Jahr durfte sie mit jedem Mann, den sie kennenlernte, nur einmal Sex haben. Danach musste sie sich einen Neuen suchen. Sie hatte diesen Entschluss gefasst, da sie sich nie wieder in einer unglücklichen Beziehung ohne Notausgang wiederfinden wollte. Sie musste alte Verhaltensweisen brechen.

Auch von einem Mann wie ihm durfte sie sich nicht von ihrem Plan abbringen lassen. *Besonders nicht von einem Mann wie ihm.* Sie presste die Lippen zusammen und sprang von seinem Schoß auf ihre Füße.

Stirnrunzelnd erhob er sich wie ein Gentleman der alten Schule. Dummerweise hieß das, dass sie seinen breiten Schultern nicht entkam. Er war wirklich attraktiv. Die Schultern breit und muskulös. Wenn er wollte, könnte er sie überwältigen. Es war falsch, dass sie sich genau das wünschte, oder? *Verdammt*, warum musste sie sich von ihm nur so angezogen fühlen?

„Ich muss gehen", sagte sie mit fester Stimme, trotz der Schmetterlinge in ihrem Bauch. „Danke für die BDSM-Lektion, Master Simon. Ich ... habe eine Menge gelernt."

„Eine Lektion? Ist das alles?" Seine Augen verengten sich. „Lag ich so falsch in der Annahme, dass es dir Spaß gemacht hat?"

Als hätte er ihre Schreie nicht gehört. Er wusste sehr wohl, dass sie ... Spaß hatte. Trotzdem bekam sie Schuldgefühle. Hatte sie ihn mit ihren Worten verletzt? „Es hat mir sogar sehr gefallen, aber ..."

„Sprich weiter."

Der herrschsüchtige Mistkerl, dachte sie. Und doch – jedes Mal, wenn seine Stimme diesen kommandierenden Ton annahm – wollte sie sich auf den Rücken fallen lassen und ihn anflehen, dass er ihr den Bauch kraulte, wie es der Dackel vom Nachbarn so perfektioniert hatte. „Mit jedem Mann nur einmal. Das ist meine Regel."

„Jeder Mann, ob er nun gut oder schlecht war, bekommt nur eine Chance mit dir?"

„Korrekt." So stand es an ihrer Pinnwand, damit sie es nicht vergaß.

„Ich verstehe." Er legte seine Hand in ihren Nacken, als wäre sie ein Kätzchen. „Rona, ich möchte dich wiedersehen. Wenn du es bevorzugst ... intime Umgebungen zu vermeiden, erlaube mir, dich zum Abendessen einzuladen."

„Nein, danke." Sie nickte ihm zu und streckte die rechte Hand zu einem Handschlag aus. Dabei ignorierte sie, dass sie vollkommen nackt vor ihm stand und wie lächerlich diese Situation war. „Es hat mich gefreut, deine Bekanntschaft zu machen."

Er presste die Lippen zusammen. Bei dem Kuss vor ein paar Minuten waren seine Lippen ungewohnt unnachgiebig gewesen.

Die Finger in ihrem Nacken übten Druck aus. Dann ließ er sie plötzlich los.

„Das kann ich nur zurückgeben, Mädchen." Er nahm ihre Hand und küsste sie auf den Handrücken. Ein prickelndes Gefühl suchte sich einen Weg zu ihrer Pussy. *Verdammt*, er war gut. Sein Blick fand ihre harten Nippel und sein Mundwinkel zuckte. „Über diese Regel reden wir noch."

Sie sah ihm an, dass er Gegenworte von ihr erwartete. Jedoch war sie alt genug, um zu wissen, wann ein Rückzug von Nöten war. Insbesondere, da ihr Verstand und ihr Körper sich in Bezug auf ihn nicht einig waren.

Sie entriss ihm ihre Hand. Er ließ sie gehen. Stattdessen hob er die Hand zu ihrer Wange. Sein Blick war so intensiv, es fühlte sich an, als berührte er ihre Seele.

So zart. So fürsorglich.

Der Ausdruck in seinen Augen vermochte es, sie mehr zu schockieren als ihre derzeitige Erregung. Aus diesem Grund handelte sie schnell: Sie schnappte sich ihre Klamotten, presste das Bündel an ihre nackte Brust und marschierte aus dem Raum, den Flur entlang und die Treppe hoch zu den Umkleidekabinen im Eingangsbereich. Dort angekommen, lehnte sie sich mit dem Rücken an einen kalten Spind und seufzte.

Warum musste er auch so ... so ... umwerfend sein? Jedes Mal, wenn er ihr einen von diesen kommandierenden Blicken zuwarf, wollte sie vor ihm auf die Knie fallen und ihn anflehen, mit ihr zu tun, was er wollte.

War sie tatsächlich so schwach?

Wenn es um ihn ging, war die Antwort einfach: Ja, das war sie.

Und dieser letzte Blick, den er ihr zugeworfen hatte ... Normale Männer. Zu denen sollte sie zurückkehren. Nur so würde sie den ersten Punkt auf ihrer Liste verwirklichen können: keine Beziehung in den nächsten fünf Jahren.

KAPITEL VIER

D
er Regenguss am Morgen war einem blauen Himmel gewichen. Am späten Nachmittag genoss Rona die Sonne. Sie schlenderte durch verstopfte Straßen; schlängelte sich an Menschen vorbei, die sich wie sie an dem vorweihnachtlichen Straßenmarkt erfreuten. Die anzüglichen Texte von *Hollywood Undead* waren durch die Lautsprecher zu hören. Sexspielzeuge, Fetisch-Bekleidung, Bondage-Zubehör. Hier kaufte man ein, wenn man jemanden zu Hause hatte, der es speziell mochte. Oder wenn man seine eigenen Fantasien ausleben und sich etwas gönnen wollte.

Ihr Blick fiel auf einen Mann, der einen anderen Mann an der Leine herumführte. Sie grinste. Wer hätte gedacht, dass sie so etwas mal erregend finden würde? Ihr Kurztrip in den Dark Haven-Club vor zwei Wochen hatte ihr wahrlich die Augen geöffnet.

Und ihr Leben verkompliziert. Sie runzelte die Stirn. Sie hatte gehofft, diesen überwältigenden, *herrschsüchtigen, gut gebauten, großartigen* Mann – *Dom* – aus ihrem Kopf vertreiben zu können. Sie hatte nach dem Abend ein Date nach dem anderen gehabt und jede Verabredung war so aufregend gewesen, wie einem ihrer Patienten ein Bad zu geben.

Hatte Simon sie für alle anderen Männer ruiniert? Allein die Erinnerung daran, wie Master Simons dunkle Augen sie gemustert hatten und wie er ihr die Fesseln um die Handgelenke gelegt hatte, sandte einen Hitzeschwall durch sie hindurch.

Natürlich war es für ihren Geisteszustand nicht gerade förderlich, hier auf diesem Markt herumzuspazieren. Sie lief an einem schlanken Mann in Catsuit und Katzenmaske vorbei und an einem Auflauf von Männern in Kettengeschirr über Jeanshosen. Sie hob ihre Canvas-Handtasche höher auf ihre Schulter und sah sich die Auslagen des Standes neben ihr an: Strapse, Vinyl- und Latexkleidung und aufreizende Kostüme. Sie wollte etwas Exotisches, um ein passendes Outfit für ihren nächsten Besuch im Dark Haven griffbereit zu haben. Vielleicht ein sexy Bustier?

Sie hielt an einem Stand mit Sexspielzeugen an. Schon so oft hatte sie sich einen Vibrator kaufen wollen. Jedes Mal war es ihr wie ein Verrat an Mark vorgekommen. Dabei spielte es auch keine Rolle, wie langweilig ihr Sexleben gewesen war. Aber jetzt …

Mehrere Frauen drängelten sich um den Stand, wodurch sie sich wahnsinnig beobachtet fühlte. *Guckt mal, Rona kauft sich einen Vibrator!* Sie zwängte sich nach vorne und begutachtete das Angebot. *Wo sollte sie anfangen?* Es gab verschiedene Größen und sie fragte sich, wer Dildos kaufte, die die Größe eines kleinen Fingers hatten. Allerdings gab es auch das Extrem in die andere Richtung: Riesige Dildos, die an einen dreißig Zentimeter großen Pilz erinnerten. Ihre Vagina zuckte verschreckt zusammen.

Schließlich bemerkte sie die Abteilung mit den Vibratoren. *Oh ja.* Als hätte der Verkäufer ihre Liste gesehen – die, nebenbei bemerkt, seit dem Clubbesuch eine bemerkenswerte Länge erreicht hatte. Ihr Blick fiel auf kleine Kugeln. *Nein.* Dann etwas in der Form und der Größe eines lebensechten Schwanzes. *Langweilig.* Ein Gerät, das für beide Öffnungen genutzt werden konnte. *Ich verzichte. Und mein Hintern auch.*

Hmm, Augenblick ... Direkt daneben lag ein Vibrator, der gleichzeitig die Klitoris stimulieren würde. Bei dem Gedanken freute sich ihr Intimbereich. Sie wollte gerade danach greifen, als ...

... sich eine Hand auf ihren Rücken legte und sie aus ihren Gedanken riss. Die tiefe, geschmeidige Stimme an ihrem Ohr flüsterte: „Wenn ich dich immer an Orten wie diesen antreffe, bekomme ich noch den falschen Eindruck von dir."

Das sinnliche Eau de Cologne traf zuerst auf ihre Sinne, bevor sie sich umdrehte und in vertraute, dunkle Augen starrte, die vor Belustigung strahlten. „Mas – Simon."

„Ah. Du hast mich also noch nicht vergessen."

Er hob die Hand zu ihrem Gesicht und streichelte ihr über die rechte Wange. Sie erschauerte. Es könnte sich auch um ein Erdbeben handeln. In San Francisco wusste man das nie so genau. Ob ein Vibrator es schaffen würde, ähnliche Empfindungen in ihr wachzukitzeln? Sie hatte ihre Zweifel. „Was machst du hier?"

„Ein paar Freunde geben eine Vorführung in Suspension-Bondage." Er schaute auf seine Uhr. „Fünfzehn Minuten habe ich noch. Darf ich mich für eine Weile an dich dranhängen?"

Oh ja! Dann schaltete sich ihr Verstand wieder ein. *Oh nein!*

Er schüttelte den Kopf. „So unentschieden." Er hob einen Finger, winkte die Besitzerin des Verkaufsstandes zu sich und kaufte einen Rabbit-Vibrator.

Rona schaute das Gerät an. Ein Kerl würde so etwas doch nicht bei sich selbst anwenden, oder? Nein.

Bedeutete das, dass er den Vibrator für seine Freundin kaufte? Oder für ... „Bist du verheiratet?"

Er runzelte bei ihrer unverblümten Frage die Stirn und sie seufzte. Auf der Arbeit beschrieben ihre Kollegen sie als selbstbewusst und redegewandt, aber in seiner Gegenwart stolperte sie wie ein Idiot über ihre Zunge.

„Nein, ich bin nicht verheiratet, Mädchen. Oder auf eine andere Weise liiert."

Wollte er die Frage nicht erwidern? Ihre Mundwinkel fielen hinab.

Wollte er ihren Beziehungsstatus nicht wissen?

Lächelnd nahm er ihre Hand in seine und tippte auf den verblassten Abdruck an ihrem Ringfinger. Die einzige sichtbare Erinnerung an ihre Ehe. „Ich brauche nicht zu fragen, Mädchen. Du bist zu ehrlich. Niemals hättest du mit mir eine Session vollführt, wenn du in einer festen Beziehung wärst."

„Du verfügst also über zwei Superkräfte: Telepathie und Röntgenblick."

Er lachte. „Ich bin schon eine Weile ein Dom. Mit der Zeit lernt man, seine Augen zu gebrauchen."

Während die Verkäuferin das Wechselgeld zählte, durchschnitt ein Schrei die Menge. Rona drehte sich dem Laut zu.

Mitten auf der Straße hatten zwei rotgesichtige, sich prügelnde Männer eine ältere Dame umgeschubst. Kraftausdrücke folgten mit jedem Schlag. Ohne Rücksicht auf die zu Boden gegangene Dame zu nehmen, versuchten beide, die Oberhand zu gewinnen und den jeweils anderen zu zerfetzen.

Schlimmer als Samstagabend in der Notaufnahme. Mit einem Knurren, das ihre Abscheu nur allzu deutlich wiedergab, rannte Rona zu der Frau. Sie wickelte einen Arm um die schlanke Taille, zog sie auf die Füße und führte sie aus der Gefahrenzone. Um sicher zu gehen, dass sie genug Abstand zu den Rüpeln gewonnen hatte, warf sie einen abschätzenden Blick über ihre Schulter.

Ihre Augen fanden Simon, der zwischen den beiden Männern stand und den Kampf beendet hatte. Die Ruhe dauerte nicht lange an. Einer der Männer fluchte, marschierte um Simon herum und sprang den anderen Mann an. Kopfschüttelnd krempelte sich Simon die Ärmel hoch, machte einen Schritt nach vorne und ...

Rona blinzelte. Seine Fäuste flogen so schnell, dass sie den Bewegungen kaum folgen konnte. Eine Sekunde später lag einer der Unruhestifter stöhnend auf dem Asphalt und hielt sich den

Bauch. Der andere kniete vor Simon, der die Haare des Rauf-
bolds gepackt hatte. Es war klar, dass die Schulter des Mannes
ausgekugelt war.

Bei dem Ausdruck auf Simons Gesicht erschauerte sie. Er
sprach mit dem Schläger in einem tiefen Ton und trat zurück,
woraufhin der Kerl auf die Füße sprang und das Weite suchte.

Dann wandte sich Simon dem anderen Mann zu. Er riss ihn
in eine sitzende Position. Auch mit ihm sprach er, bevor er ihn
wegschickte. Applaus brandete in der Menge auf. Stoisch rollte
er die Ärmel seines Hemdes wieder runter und nahm seine
Einkäufe in die Hände.

Als er sich wieder zu Rona gesellte, musterte er sie für einen
Moment und wandte sich dann der alten Dame zu. „Geht es
Ihnen gut, Ma'am?"

„Jetzt ja." Die Lady lächelte ihn an. „Vielen Dank."

„Gern geschehen."

„Na ja, ich muss weiter. Ich wollte doch ein Geschenk für
meinen Henry kaufen." Die Frau klopfte sich den Dreck von
ihrem lavendelfarbenen Kleid und schaute finster, als sie den
Riss über ihrem Knie entdeckte. „Morgen ist unser vierzigster
Hochzeitstag. Jedes Jahr verwöhnen wir uns mit einem besonderen Geschenk." Sie nickte Simon zu, tätschelte dankbar Ronas
Schulter und lief zu einem Verkaufsstand.

Rona starrte hinterher. Das besondere Geschenk für Henry
war ein Sexspielzeug? Nach vierzig Jahren Ehe?

Wow.

Simon unterdrückte ein Lachen und schlang einen Arm um
Ronas Taille. „Komm mit, Mädchen."

„Wo hast du gelernt, so zu kämpfen?"

Er führte sie über den Markt. „In der Armee. Danach habe
ich einige Zeit an MMA-Wettkämpfen teilgenommen. Nach der
Geburt meines Sohnes habe ich dieses Leben aufgegeben." Er
hob seine linke Hand, versuchte seine Finger zu beugen, und
lächelte reumütig. „Ich nehme an, ich habe die Hand etwas miss-
braucht."

Stirnrunzelnd ergriff Rona seine Hand. Weiße Narben von alten Operationen zierten seine Haut; die Knochen darunter fühlten sich rau und uneben an. „Du musst dir jeden Knochen gebrochen ..."

Sie bemerkte ihren Fauxpas und sah ihn schuldig an. Sofort ließ sie ihn los und verschränkte die Hände hinterm Rücken. *Böse Rona.* Sie wusste sehr wohl, dass es ein absolutes No-Go war, einen Dom zu berühren. „Tut mir leid."

Das Lächeln, das folgte, ließ sein gesamtes Gesicht erstrahlen. „Richtig. Eine Sub berührt einen Dom nicht ohne seine Erlaubnis." Als er dann ihre Hand ergriff und mit seinem Daumen über ihre Fingerknöchel strich, sandte diese kleine Zärtlichkeit ein Kribbeln durch ihren Körper. „Allerdings gefiel mir deine Berührung viel zu sehr. Ich mag es, deine Hände auf mir zu spüren Du hast also nichts zu befürchten. Vorerst."

„Vorerst?"

In ihrem Nacken schob er seine langen Finger in ihr Haar, zog ihren Kopf zurück, wodurch er sie zwang, ihn anzusehen. „In der nahen Zukunft wird es mir gefallen, dich für deinen Fehltritt zu bestrafen. Ich erinnere mich noch genau an die Farbe deines hübschen Hinterns, nachdem er ein paar Schläge eingesteckt hat."

Bevor sie etwas erwidern konnte, presste er seine Lippen auf ihre. Ein harter Kuss. Ein besitzergreifender Kuss, der – leider – nicht lange andauerte. Er ließ sie los und trat einen Schritt zurück.

Sie starrte ihn mit offenem Mund an. Die Hitze in seinen Augen löste ihre sarkastische Bemerkung in Rauch auf.

Lächelnd nahm er ihre Hand und lief weiter.

„Simon, dir ist doch klar, dass wir nicht miteinander ausgehen ..."

„Das wird sich bald ändern." Er strich mit seinem Daumen über ihre Unterlippe. Wieder schaffte es sein Blick, dass sich ihr Gehirn abschaltete.

Sie wandte den Blick ab, schluckte schwer und konzentrierte

sich darauf, einen Fuß vor den anderen zu setzen. *Ich fühle mich nicht zu ihm hingezogen. Wirklich nicht.* Wem machte sie hier etwas vor? Sie konnte sich Simons Anziehungskraft einfach nicht verwehren. Genauso wenig wie Louis Lane dies bei Superman schaffte. *Erinnere dich an die Regeln Nummer Eins und Zwei von deiner Liste.* „Simon, ich würdige alles, was du getan hast, aber ich bin nicht interessiert an ... an mehr."

Der nachdenkliche Ausdruck in seinen Augen ließ sie zusammenzucken. Trotz der lauten Menschenmenge und der grellen Verkaufsstände lag seine Aufmerksamkeit einzig und allein auf ihr. Verwirrt starrte er sie an.

„Du fühlst dich zu mir hingezogen", sagte er so selbstverständlich, dass sie an sich herabschaute, um sicher zu stellen, dass sie kein Schild mit der Aufschrift ICH WILL DICH um den Hals trug. „Und du bist in keiner Beziehung. Sag mir, was das Problem ist, damit ich ..."

Er war dickköpfig. „Ich bin zwanzig Jahre verheiratet gewesen. Die letzten paar Jahre haben wir uns nur noch toleriert. Dann waren die Kinder aus dem Haus und wir trafen die Entscheidung, dass jetzt der richtige Zeitpunkt für die Scheidung ist. An dem Tag, als es offiziell wurde, schwor ich mir, mich nie wieder auf diese Weise fesseln zu lassen."

Er hob eine Augenbraue.

„Verheiratet zu sein ..." Es hatte sich angefühlt, als wäre sie zwanzig Jahre ohne Hoffnung auf ein Entkommen durch einen dunklen Sumpf gewatet. „Jetzt habe ich ein neues Leben. Ich bin frei und kann all die Sachen ausprobieren, die mir zuvor untersagt waren. Und das schließt eine Vielzahl von Männern mit ein."

„Ah."

Dickköpfig war sie. Simon schüttelte den Kopf.

Sie hob ihr stures Kinn und verlängerte ihre Schritte. Niemals würde sie ihn abschütteln können: Nicht, nachdem sein

Herz und sein Körper solch einen Freudensprung gemacht hatten, als er sie in der Menge gesichtet hatte. Er schritt um ein barbusiges, lesbisches Paar herum, das zu *Combichrist* tanzte und gesellte sich wieder zu ihr.

Unglücklicherweise verstand er, dass eine Frau, die gerade einem Käfig entkommen war, Angst hatte, wieder eingefangen zu werden. Er würde ein paar klug platzierte Brotkrumen brauchen, um sie anzulocken.

Er wollte sie so nah wie möglich. Er fand sie nicht nur sehr attraktiv, sondern fühlte sich auch von ihrem Verstand angezogen. Er wollte alles über sie wissen. Sie hatte seinem Sohn bei den Unruhen geholfen und war der älteren Dame zur Hilfe gekommen, ohne hysterisch zu werden oder loszuschreien. Es war beeindruckend, wie pragmatisch und gleichfalls mitfühlend sie war. Sie hätte ihn abweisen können, indem sie vorgab, in einer Beziehung zu sein. Das hatte sie nicht getan. Sie war ehrlich zu ihm gewesen. Sie mochte es nicht, ihre Emotionen in die Welt hinauszubrüllen, aber wenn sie etwas von sich preisgab, dann sagte sie die Wahrheit. Das war im gleichen Maße ungewöhnlich, wie es anziehend war.

Er wollte sie. Er wollte sie in seinem Leben. Er wollte testen, ob sie genauso gut zusammenpassen würden, wie er es sich vorstellte.

Nein, er würde sie nicht wieder wegrennen lassen. Sie wollte also Neues ausprobieren? *Kein Problem.* Er lächelte sie an und stellte sich vor, wie sie an seinem Bett gefesselt aussehen würde. Er wollte, dass sie mit ihm Neues ausprobierte. Nur mit ihm. Dummerweise hatte sie Gründe für ihr Verhalten. Und Gründe wie diese, eingepflanzt in den letzten zwanzig Jahren, ließen sich selten mit logischen Argumenten beseitigen. Fürs Erste verfolgte er den Plan, sie in der Nähe zu behalten. Dafür hatte er bereits den perfekten Vorwand. Er hielt auf dem Weg zur Bühne an. „Rona, am kommenden Samstag veranstalte ich meine jährliche Weihnachtsfeier für die Mitglieder unserer Community." Er berührte ihre Wange und fing einen Hauch ihres Duftes ein. Zitrone und Vanille. *Köstlich. Und so passend.*

„Ich würde mich sehr freuen, wenn du kommst. Dort kannst du andere ledige Doms kennenlernen."

„Wirklich? Obwohl ich dir gerade eine ... Abfuhr erteilt habe?"

„Richtig gehört." Er konnte es nicht erwarten, herauszufinden, was sie gemeinsam hatten und worin sie sich unterschieden. Er wollte mit ihr diskutieren und sich wieder versöhnen. Er wusste schon, dass sie ein interessanter Gegner sein würde. Vermutlich würde er öfter absichtlich einen Streit verlieren, nur um in den Genuss ihres heiseren Lachens zu kommen. Andererseits: Sie war intelligent. Um zu gewinnen, brauchte sie seine Gnade nicht. „Weil du neu bist, werde ich darauf achten, dass dir die Sache nicht über den Kopf wächst."

„Danke für die Einladung. Ich werde darüber nachdenken." Er konnte in ihren Augen sehen, dass sie angebissen hatte. Geduld. Er musste Geduld beweisen. Mit der Zeit würde er sie davon überzeugen, ihnen beiden eine Chance zu geben. Er konnte es nicht erwarten, diese weichen Kurven unter sich zu spüren.

Lächelnd reichte er ihr die Tüte mit dem Vibrator. „Der ist für dich, Mädchen."

„Bitte was?"

„Zwar hätte ich es vorgezogen, dir die Funktionsweise näherzubringen, aber du kannst mir einen Gefallen tun: Denk an mich, wenn du ihn zu Hause ausprobierst. Heute Nacht." Bevor sie sich von ihrem Schock erholen konnte, küsste er sie sanft auf ihre weichen Lippen und marschierte davon.

Die Mittagszeit war lange vorbei, als Rona es schließlich schaffte, sich von ihren E-Mails und Telefonaten loszureißen. An den verstreuten Tischen in der Cafeteria saß eine Mischung aus

Pflegepersonal, Medizinstudenten, Chirurgen und ein paar Besuchern. Sie stellte ihr Tablett auf einen Tisch und nahm gegenüber von ihrer Freundin Platz. „Ich hasse Mittwoche."

Brenda lachte und tauchte eine Pommes in Ketchup. „Ich auch. Da wir gerade von Stress reden, hast du mitgekriegt, dass Charles Madigan sich scheiden lässt?"

„Wirklich?" Rona schüttete eine sparsame Menge Dressing über ihren ansonsten gesunden Salat. Sie hasste Diäten. Nur die Vorstellung, dass sie am Wochenende alles entblößen würde, trieb sie an. Ein sehr effektiver Anreiz.

„Er verdient gut, ist in deinem Alter, sieht gut aus und ... er ist Single. Warum siehst du nicht interessiert aus?"

„Er ist schon in Ordnung, aber ich will ... mehr."

Brenda runzelte die Stirn. „*Mehr?* Wie der Abend in dem Club, von dem du mir erzählt hast? Hast du schon einen Plan ausgearbeitet, Miss Zwangsstörung?"

„Danke vielmals. Wenn du nicht aufschreibst, was du willst, dann wirst du nie wissen, wie du deine Ziele erreichen sollst." Rona schob eine merkwürdig aussehende Tomate zur Seite und gabelte Blattsalat auf. „Tatsächlich hat mich sogar ein Mann zu einer Party eingeladen." Sie kicherte. „Einer *Mehr*-Party."

„Oh, mein Gott." Die Brünette zeigte mit einer Pommes auf sie. „Hast du ihn im Club kennengelernt?"

„Das habe ich." Die Erinnerung an Simons unerbittliche Stimme, die angedroht hatte, auch ihre Fußknöchel zu fesseln, sandte eine mächtige Hitzewelle durch sie hindurch. Sie fühlte, dass sie rot wurde, und senkte beschämt den Kopf. „Und vor ein paar Tagen auf einem Straßenmarkt." *Wo er mir einen Vibrator gekauft hat. Und gesagt hat, ich soll an ihn denken, wenn ich ihn benutze* ... Oh, und wie sie das getan hatte. Der Mistkerl bevölkerte ihre Gedanken.

„Zweimal? Und jetzt eine Party? Oh, das klingt gut."

„Nein." Jedes Mal, wenn in ihr das Verlangen aufkam, ihn wiederzusehen, erstickte sie es auf der Stelle im Keim. „Ich gehe nicht wegen ihm hin. Ich will andere Männer treffen. Auf keinen Fall habe ich Interesse an einer langfristigen Beziehung."

„Dann erfreue dich doch an ihm, ohne dich mit ihm in eine Beziehung zu stürzen. So wie Max das macht."

Brenda zeigte mit ihrem Kinn in Richtung des erwähnten Chirurgen. Er war dafür berüchtigt, Affären mit mehreren Frauen gleichzeitig zu haben. Zudem kannte er sich mit den Gefahren aus, die es mit sich brachte, wenn man zwei OP-Schwestern gleichzeitig datete.

Rona musterte ihn mit aufkeimender Hoffnung. Das könnte funktionieren. „Sex mit Simon an einem Abend und am darauf-folgenden Abend mit einem anderen. Auf diese Weise kann nichts Ernstes daraus entstehen."

„So gehört sich das!"

Wow, das klang ein bisschen – *eine ganze Menge* – nuttig. Andererseits musste sie die verlorenen Jahre wieder aufholen. Ihre Liste war nichts für Schwächlinge. Für den heutigen Abend würde sie ihr Regelwerk anpassen: *Keine wiederholenden sexy Momente mit demselben Mann. Ausnahme: Nur nach einem sexy Moment mit einem anderen Kandidaten, darf sie zu dem ursprünglichen Mann zurückkehren.*

KAPITEL FÜNF

Am Samstagabend trat Rona durch die offene Tür von Simons dreistöckigem Steinhaus. Gäste standen in kleinen Gruppen unter einem riesigen, funkelnden Kronleuchter, der von Stuck umgeben war. Das Foyer war erfüllt von Gelächter und Gesprächen. Die Party war bereits in vollem Gange.

„Fröhliche Weihnachten!" Eine junge Frau in einem sexy Weihnachtself-Kostüm und leuchtend grünen Netzstrümpfen eilte über das dunkel schimmernde Parkett.

Die Begrüßung in der hohen Tonlage lenkte die Aufmerksamkeit von den umherstehenden Gästen auf Rona. Ein Mann löste sich von einer Gruppe und näherte sich ihr. *Master Simon.*

Rona holte tief Luft. Ihre Nerven waren in höchster Alarmbereitschaft, als hätte jemand einen Code Blue wegen eines Herzstillstandes ausgerufen.

Der Elf kam zuerst bei Rona an. „Komm. Ich führe dich herum."

„Mandy, ich werde Rona das Umkleidezimmer zeigen", sagte Master Simon. Er hielt hinter der jungen Frau an und legte die Hand auf ihre Schulter. „Danke dir."

Nach einem bewundernden Blick schwebte sie davon. Die

weiße Bommel an ihrer Mütze baumelte hypnotisierend von links nach rechts.

Simon schaute ihr eine Sekunde nach und murmelte: „So viel Energie." Langsam drehte er den Kopf zu Rona. Seine dunklen Augen trafen sie wie ein Laserstrahl.

Ihr Herz rutschte ihr in die Hose. Der Mann war schlicht gekleidet. Er trug eine schwarze Jeans und ein weißes Hemd, das seinen gebräunten Teint betonte. Dann lächelte er. *Verdammt!* Daraufhin sprudelte ihr ganzes Blut wie Cola durch ihre Adern, so als hätte er eine unzumutbare Menge an Mentos in ihren Blutkreislauf geworfen.

„Rona, ich freue mich, dass du gekommen bist", sagte er förmlich. Sie erhaschte einen Blick auf die Gäste und runzelte die Stirn. Während die Doms alle vollständig bekleidet waren – zumeist in Jeans, Anzügen oder Lederaufmachungen – trugen die Subs alle Elfenkostüme, die knapper nicht sein konnten. Eine junge Frau war sogar in nichts weiter als eine Weihnachtself-Mütze und rote Nippelklemmen ausgestattet. *Oh Crom.* Rona schaute auf ihr eigenes hautenges schwarzes Kleid herunter. Ihr wurde daraufhin ganz flau im Magen.

Sie fühlte sich in ihre Teenager-Zeit zurückversetzt, in der sie kein Geld für modische Kleidung hatten. Sie hasste es, nicht dazuzugehören. So oberflächlich das auch war, ihre Gefühle hatten sich in dem Punkt nicht geändert. Sie trat zurück. „Ich glaube nicht, dass ich –"

Er lachte. „Entspanne dich, Kleine. Ich habe mir die Freiheit genommen, dir ein Outfit rauszulegen."

Ein weiblicher Elf stolzierte in nichts anderem als High Heels, einem roten Tanga und einer grünen Elfenmütze an ihr vorbei. Rona zuckte zusammen. *Will ich überhaupt wissen, was er für mich ausgesucht hat?*

Er ignorierte ihr Zögern, legte eine Hand auf ihren Rücken und steuerte sie durch das Foyer zu einem Zimmer. „Dein Kostüm findest du auf dem Tisch in einer meiner Firmentüten. Such nach einem *Demakis International Security*-Logo.

„Okay." Alles arrangiert. Offensichtlich hatte er einigen Aufwand betrieben, damit sie sich wohlfühlte. „Danke."

„Ich denke, eine etwas enthusiastischere Dankesbezeugung ist von Nöten." Er schob seinen Zeigefinger unter ihr Kinn. Bevor sie etwas sagen konnte, presste er seine Lippen auf ihre. Als sie seufzte und sich ihm entgegenstreckte, riss er sie an sich und der Kuss verwandelte sich von sanft zu besitzergreifend.

Crom. Im Vergleich zur Wirklichkeit waren ihre Erinnerungen an seine Küsse wirklich enttäuschend. Mit einem Kuss schaffte er es, sie zu kontrollieren. Hitze sammelte sich in ihr und bahnte sich wie geschmolzene Lava einen Weg zu ihrer Pussy.

Als er sich zurückzog und sie wieder auf die Füße stellte, keuchte sie wie ein Asthmatiker.

„Ein sehr schönes Dankeschön", hauchte er an ihren Lippen. „Zieh dich um, Mädchen. Wenn du fertig bist, kommst du ins Wohnzimmer. Dann werde ich dir die Regeln für den heutigen Abend erklären und dir die Gäste vorstellen."

Während er sie sanft ins Zimmer schob, runzelte sie die Stirn. *Regeln?*

Im Wohnzimmer drehte Simon eine Runde, begrüßte die Gäste und machte sie miteinander bekannt. Neben den lokalen BDSM-lern, waren auch ein paar Freunde von außerhalb erschienen. Geschäftig oder nicht, seine Aufmerksamkeit galt einzig und allein der Tür, hinter der sich Rona befand. Seine Vorfreude stieg. Er fühlte es, als sie den Raum betrat.

Sie hielt auf der Türschwelle an. Nervös rieb sie die Hände über den weißen Pelzkragen, obwohl ihr Gesicht heiter und selbstsicher schien. Es erforderte viel Mut auf eine Party wie diese zu kommen – allein und mit dem Hintergedanken, sich etwas Neuem zu öffnen. Sie war wirklich ein mutiges Mädchen.

Und zudem auch wunderschön. Eine flauschige Weihnachtself-Mütze mit einer weißen Bommel saß auf ihrem welligen, blonden Haar. Der weit geschnittene, grüne Samtmantel, der mit weißem Pelz besetzt war, reichte nur bis knapp über ihren Hintern und entblößte cremeweiße Schenkel. Jeder würde einen Blick auf den türkis-weiß-gestreiften BH, der an der Vorderseite durch zwei einfache Bändchen Halt fand, und auf den dazu passenden Tanga werfen können.

Er wollte, dass sie sich wohlfühlte, also hatte er relativ konservative Kleidung für sie gewählt.

Er konnte nicht abstreiten, wie viel Vergnügen ihm seine Wahl bereitete.

Die weiten Ärmel wären praktisch für Handfesseln. Der Ledergürtel hielt den Mantel ohne Knöpfe weitestgehend geschlossen. Arme, kleine Sub. Der Gürtel würde den Abend nicht überstehen. Genauso wenig wie die Bändchen an ihrem BH. Er stellte sich vor, wie er ihre Kurven freilegen würde und wurde hart.

Es dauerte nicht lange, bis sich ihre Blicke trafen. Ihre Augen strahlten, als sie ihn in der Menge fand und sein Herz machte einen Salto.

Ihr Verstand gaukelte ihr vielleicht vor, dass sie keine Beziehung wollte – doch, und er musste leise auflachen, sprachen ihre Reaktionen eine gänzlich andere Sprache. Er wollte, dass ihr Herz das Denken übernahm.

Er lockte sie mit einem Wink seines Zeigefingers zu sich und grinste, als sie bei ihrem Weg durch den Raum interessierte Blicke von Doms auf sich zog.

Eine Domina trat sogar ein paar Schritte von ihren Freunden weg. Tara blickte Rona lange an und sagte dann zu Simon: „Oh, sehr hübsch. Sag mir bitte, dass sie an Frauen interessiert ist."

„Tut mir leid", sagte Simon zu der großgewachsenen Domina, ohne den Blick von seiner kleinen Sub zu nehmen. „Sie ist hetero."

Tara zog die Augenbrauen hoch. „Wow, den Blick habe ich in deinen Augen schon lange nicht mehr gesehen. Ich weiß nicht, ob ich ihn überhaupt schon mal gesehen habe." Sie gab ihm einen freundschaftlichen Klaps auf die Schulter und wandte sich wieder ihrer Gruppe zu.

Rona hielt vor Simon an.

„Du siehst zauberhaft aus", sagte er und erfreute sich daran, wie sich ihre Wangen rosa färbten.

„Danke. Und danke, dass … dass du mir genug Stoff gegeben hast."

„Immer gern." Er nahm eine seidige Strähne ihres Haares zwischen Daumen und Zeigefinger und zog sanft daran. „Dir muss nur bewusst sein, dass Subs während der Party an Kleidungsstücken einbüßen."

Der vorsichtige Blick, den sie ihm zuwarf, enthielt einen erregten Anteil. „Ich bin mir nicht sicher, dass ich das verstehe."

„Die Regeln lauten wie folgt: Wie es sich für Subs auf einer Party gehört, wirst du die Doms bedienen und ihnen Essen und Trinken reichen. Da du niemandem zugehörig bist, darfst du berührt werden, wo du nicht von Kleidung bedeckt wirst." Er grinste, als sie instinktiv die Arme vor ihrer Brust verschränkte. „Nur berühren, Sub. Sessions und intime Situationen müssen miteinander verhandelt werden. Das Safeword in meinem Haus lautet ‚Rot'. Einige Doms und Subs haben ihr eigenes Safeword. Wird aber das Wort ‚Rot' gerufen, wird gehandelt. Wir nehmen unsere Regeln ernst."

„Das ist gleichzeitig beängstigend und beruhigend", sagte sie.

Kluges Mädchen. Trotz aller Vorsichtsmaßnahmen hatte BDSM in der Gesellschaft einen schlechten Ruf. „Und bevor du spielst, wirst du den Dom über deine Unerfahrenheit in der Szene informieren. Als zusätzliche Vorsichtsmaßnahme habe ich das für dich anfertigen lassen." Er zog ein goldenes Halsband aus seiner Tasche und legte es ihr um den Hals.

Die Plakette, die sich direkt an ihre Kehle schmiegte, las: *Elf in der Ausbildung.* Ihr Lachen war heiser und offen.

Würde sie auch beim Sex mit ihm so herzlich lachen? Ihre erste Session war intensiv gewesen. Wie würde es sich anfühlen, verspielt mit ihr zu sein? Er schob die Frage beiseite und fuhr fort: „Okay. Dann lass den Abend beginnen. Wem soll ich dich zuerst vorstellen?"

Rona unterhielt sich im Foyer mit einem älteren Mann namens Michael. In der letzten Stunde hatte sie sich unter die Anwesenden gemischt und ein paar interessante Sessions beobachtet.

Master Simon hatte auf der gesamten Etage Bondage-Equipment bereitgelegt. Die Tische und Strafbänke, an denen verschiedene Arten von Fesseln befestigt waren, standen im Wohnzimmer und in den Salons; mitten im Foyer stand sogar ein massives Andreaskreuz. Die große Küche mit Arbeitsplatten aus Granit beherbergte einen Stahlrahmen und riesige Ketten baumelten von den Deckenbalken. Alles war dafür gedacht, die Leute zum Spielen einzuladen.

Also warum, *verdammt nochmal*, fand sie dann keinen Dom, der auch nur halb so viel Mann war wie Master Simon? Immer, wenn er den Raum betrat, fühlte sie seine Präsenz – eine schimmernde Aura der Macht. Sein Blick streifte dann durch den Raum und blieb auf ihr ruhen. Er sah sie so durchdringend an, dass sie jedes Mal feuerrot wurde. Leider drehte er sich schon bald um und suchte das Weite.

Er hielt sich an sein Versprechen und ließ sie in Ruhe.

Das hatte sie doch so gewollt, oder? Bevor sie sich heißem Sex mit ihm zuwenden durfte, musste sie andere Männer an sich heranlassen. Das war der Plan. Der Gedanke an Sex mit ihm sandte einen Lustschauer durch ihren Körper und sie musste ein Stöhnen unterdrücken. *Schlechtes Zeichen, Rona.*

Es war an der Zeit, sich vollkommen auf die Party einzulassen. Vor allem musste sie aufhören, jeden Mann, der auf sie zukam und Interesse zeigte, abzublocken. Sie schaute zu dem Mann neben sich. Mit ihm würde sie anfangen.

„Doms." Master Simons Stimme füllte den Raum und sie sog scharf den Atem ein. „Wenn ihr nicht anderweitig beschäftigt seid, dann brauche ich euch als Juroren für unseren ersten Wettbewerb. Alle ledigen Elfen, die nicht beschäftigt sind, bitte vor mir aufstellen."

Ein Wettbewerb? *Na großartig.* Wenn es sich dabei nicht um etwas Intellektuelles handelte, würde sie mit Sicherheit verlieren.

Sie zögerte.

Eine Hand schloss sich um ihren Arm und sie schaute zu dem grauhaarigen Dom neben sich.

Michael runzelte die Stirn. „Simons Verwendung des Wortes ‚Bitte' war nicht als Anfrage gedacht; dabei handelt es sich um einen Befehl." Er zog sie durch den Raum zu Master Simon.

„Sie wollte noch kurz darüber nachdenken", sagte Michael und ließ sie los.

„Tatsächlich?" Vor Missfallen verdunkelten sich Master Simons Augen.

Oh Crom. „Ich mag keine Wettbewerbe. Ich hasse es, zu verlieren", sagte sie eilig.

„Ich verstehe." Er hob ihr Kinn und fing ihren Blick ein. „Wie du bereits weißt, zählt deine Meinung nicht."

Er hatte nicht wirklich eine Frage gestellt, aber sie antwortete trotzdem. „Richtig."

Seine Finger spannten sich um ihr Kinn gerade fest genug an, um sie an ihre Manieren zu erinnern.

„Nein, Sir. Es tut mir leid, Sir."

„Viel besser." Er ließ sie los. „Stell dich zu den anderen."

Sie nahm ihren Platz neben den anderen Subs ein.

„Dieser Wettbewerb der Subs beinhaltet freundliche Bedienung", sagte er. Er packte die erste Sub im Nacken und fragte die Menge: „Wenn dieser hübsche Elf euch heute Abend ihren Namen genannt hat, oder euch sonst irgendwie zu Diensten war, dann hebt bitte die Hand."

Sieben Hände hoben sich, zumeist Dominas.

Rona biss sich auf die Unterlippe. Ein flaues Gefühl hielt Einzug in ihrem Magen. Sie war besorgt. Zwar hatte sie sich mit ein paar Doms unterhalten, aber ihr Name war selten gefallen.

Schnell merkte sie, dass die anderen Elfen sehr geschäftig gewesen waren. Sie hatten Essen oder Trinken serviert, Fußmassagen gegeben und sogar mit Doms Sessions durchgeführt. Nur einige hatten sich zurückgehalten – dummerweise gehörte sie zu diesem geringen Prozentanteil.

Sie war an der Reihe. Master Simon packte sie im Nacken und zog sie zu sich. Sie streifte mit der Schulter seine Brust und sein würziger Duft stieg ihr in die Nase. Sie erschauerte. Er fragte die Menge: „Und diese Sub?"

Nur Michael hob die Hand.

„Ah, okay, sie ist noch in der Ausbildung. Bitte helft ihr dabei, dass sie ihre Pflichten erfüllt, Gentlemen." Er ließ seine Hand fallen. „An alle Elfen, die mehr als fünf erhobene Hände hatten: Gut gemacht. Der Rest von euch Faulenzern: Zieht ein Kleidungsstück aus und legt es hier auf den Tisch."

Nur drei Viertel der Subs mischten sich wieder unter die Menge. Erleichtert seufzte Rona. Anscheinend war sie nicht die einzige Faulenzerin. *Ein Kleidungsstück.* Na gut, Mützen waren sowieso ein Hassobjekt für sie.

Sie hob die Hand gerade zu der flauschigen Mütze, da fügte Master Simon beiläufig hinzu. „Eines sollte ich noch erwähnen: Treffe ich einen Elf ohne seine Mütze an, werde ich ihn eigenhändig aus dem Haus werfen ... vollkommen nackt."

Rona riss ihre Hand weg und hörte sein tiefes Lachen. *Crom,* sie hatte nicht viel, von dem sie wählen konnte. Vielleicht könnte sie im Badezimmer ihren BH ausziehen?

„Ihr habt zehn Sekunden, und dann helfen wir alle mit."

Vielleicht mochte sie Master Simon doch nicht.

„Zehn, Neun –"

Mit angespanntem Kiefer öffnete Rona ihren Gürtel und zog ihn aus den Schlaufen.

„Eins."

Sie warf den Gürtel auf den Tisch. Da ihr Mantel keine Knöpfe hatte, würde er den Blick auf ihren knappen BH und den Stringtanga freigeben. Sie würde den Mantel den ganzen Abend zuhalten müssen. *Mistkerl.*

Sie schaute sich um und sah, dass eine Elfe zu lange gewartet hatte. Drei Doms umkreisten sie und rissen ihr die Kleidung vom Körper. Rona biss sich auf die Lippe. Fand sie dieses Schauspiel nun aufregend oder beängstigend? Sie rieb ihre schwitzigen Hände an ihrem Mantel.

„Rona", sagte Master Simon.

„Sir?"

„Bitte nimm ein volles Tablett aus der Küche und serviere Drinks, bis es leer ist."

Cool. Endlich eine Aufgabe, dachte sie. „Ja, Sir. Danke, Sir."

Er grinste.

Als sie in der Küche ankam und das Tablett anhob, verstand sie seine Erheiterung.

Sie musste das Tablett mit beiden Händen tragen und konnte so ihren Mantel nicht mehr zuhalten. „Du Bastard", grummelte sie.

„Willst du das wiederholen?"

Sie drehte sich so schnell herum, dass ihre Gläser klirrten.

„Habe ich die Regel über das Reden ohne Erlaubnis schon erwähnt?"

Seine Augen glitzerten amüsiert.

„Ja, Sir."

Ein Lächeln huschte über seine Lippen. „Du wirst mit dem Verlust eines Bändchens bestraft." Er griff über ihr Tablett und zog an dem Bändchen, das als linker Träger für ihren BH diente. Die Schleife löste sich und er fädelte das Band aus den Schlaufen.

Da der BH nur noch an einer Seite gehalten wurde, fiel das Körbchen herab und entblößte ihre linke Brust.

Wie angewurzelt starrte sie ihn mit dem Tablett im Arm an.

„Ich mag diesen hilflosen Blick in deinen Augen", murmelte

er und ließ seinen Finger von ihrem Hals hinab zu ihrer entblößten Brust gleiten.

Ihr Versuch, seiner Berührung auszuweichen, endete damit, dass sie plötzlich die Kücheninsel an ihrem Rücken spürte. Sie saß in der Falle. Mit einem Finger berührte er ihre nackte Brust und umkreiste ihren Nippel. Sie konnte fühlen, wie die Knospe unter seiner selbstsicheren Berührung steinhart wurde. Sie unterdrückte ein verzweifeltes Wimmern.

Ein leichtes Zwicken in ihren Nippel ließ sie aufspringen. Die Gläser klirrten auf dem Tablett. Ihre Augen fanden seinen Blick, während er mit ihrem Nippel spielte. Er zwickte ein zweites Mal in die aufgerichtete Knospe und die Empfindung wirkte sich sofort auf ihr Geschlecht aus. Siedend heiß schoss es ihr durch die Adern. Sie klammerte sich an das Tablett. Er verstärkte den Druck und ihre Erregung ging durch die Decke.

Seine Augen funkelten zufrieden. „Wir sollten dir einen Partner für heute Abend suchen, bevor du explodierst", sagte er sanft. Er strich mit seinen Lippen über ihre und trat zurück. „Sei ein braves Mädchen und serviere Getränke. Wenn du einen Dom findest, der dir zusagt, entbinde ich dich deiner Pflicht."

Sie gehorchte seiner Anweisung und lief mit dem Tablett durch die verschiedenen Zimmer. Jeder war freundlich zu ihr. Manche nahmen ein Glas; andere ignorierten die Getränke und bedienten sich stattdessen mit den Händen an ihrem Körper. Die Luft um sie herum erwärmte sich zusehends.

Im Wohnzimmer erblickte sie Michael. Er sprach mit zwei knallhart aussehenden Doms, die in schwarzes Leder gekleidet waren. Eine rothaarige Sub kniete zwischen den Stühlen auf dem Fußboden.

„Rona." Michael winkte sie zu sich. „Das ist Logan" – er nickte in Richtung des Doms mit den stahlblauen Augen und dem dunklen Haar – „seine Sub Rebecca und sein Bruder Jake."

Jake sah genauso muskulös und groß aus wie sein Bruder. Jedoch hatte er eine auffällige Narbe auf seiner gebräunten Stirn, die auch sein dichtes Haar nicht verdecken konnte. Er musterte sie eine Weile und runzelte besagte Stirn. „Das ist ein hübsches Elfenkostüm, Blondie.“

Sie war sich unsicher, wie sie ihn ansprechen sollte, also sagte sie: „Es freut mich ihre Bekanntschaft zu machen, Sir.“

„Du kommst gerade zur rechten Zeit.“ Michael grinste. „Wir debattieren gerade darüber, wo die Beine einer Frau am empfindlichsten sind. Ich glaube, es ist hinter dem Knie. Jake meint unterhalb des Hinterns.“

Rona runzelte die Stirn. Erwarteten sie, dass sie dazu eine Meinung äußerte?

Michael stand auf, nahm ihr das Tablett ab und stellte es auf einen leeren Stuhl. Er umfasste ihren Oberarm und führte sie zum Couchtisch. „Beug dich vornüber, Sub. Wir werden an dir ein Experiment durchführen.“

Auf keinen Fall! Wenn sie sich vornüberbeugte, würden alle –

Alle drei Doms runzelten bei ihrem Zögern die Stirn. *Oh Crom.* Sie gehorchte und versuchte, sich selbst einzureden, dass Michael schon nichts Schreckliches machen würde. *Ich wünschte, Master Simon wäre bei mir.*

„Die Hände flach auf den Tisch, Rona.“

Sie folgte seinem Befehl und war sich nur allzu bewusst, dass ihr Mantel in dieser Position nichts brachte: Jeder konnte ihren Hintern sehen. Zumindest stand sie seitwärts von den Männern auf den Stühlen; so konnten diese sie nicht sehen. Sie senkte ihren Kopf und schloss die Augen. *Und jetzt?*

„Schau zu Logan und Jake“, sagte Michael.

Okay. Die beiden Männer wurden ihrem Ruf gerecht und betrachteten sie mit diesem typischen Blick eines Doms.

„Still halten, Sub.“ Michael fuhr mit seinen Händen über ihre Beine. Er verbrachte viel Zeit an ihren Kniekehlen, streichelte und kitzelte, bis sie sich auf dem Tisch wand. Er lachte, führte seine Hand zu der empfindlichen Haut unterhalb ihres Hinterns und betörte sie auch dort. Einem Kitzeln kam diese Empfindung nicht gleich. Sie presste die Lippen zusammen, als sie von einem

Lustschauer überschwemmt wurde. „Jake gewinnt", gab Logan grinsend bekannt.

„Ich bin dran." Jake erhob sich von seinem Platz und richtete sich zu seiner vollen, einschüchternden Größe auf. Michael setzte sich hin und übergab dem anderen Dom das Zepter. *Gott*, er schaute genau auf ihren Hintern; auf ihre Dellen und ihre Cellulite.

Er streichelte über die Falte unter ihrem Po. Er berührte und betörte. Es dauerte nicht lange, bis sie feucht wurde. Nach einer Weile fuhr er mit dem Finger über ihren Schenkel zu ihrer Kniekehle und sie entließ einen erleichterten Seufzer.

„Tut mir leid, Michael. Jetzt steht es Zwei zu Null", sagte Logan. „Scheint mir ganz so, dass zumindest bei dieser Sub die Stelle unter dem Hintern gewinnt."

„Wenn du mich fragst, gewinnt diese Stelle jedes Mal." Jake gab ihr einen leichten Klaps auf den Hintern. Sie qietschte und lauschte seinen Schritten. Waren sie fertig? Konnte sie nun gehen?

„Einen Aspekt habt ihr vollkommen außer Acht gelassen." Bei der tiefen, männlichen Stimme hinter ihr spannte sich jeder Muskel in Ronas Körper an. *Master Simon.*

Sie drehte ihren Kopf in dem Versuch, einen Blick auf ihn zu erhaschen und erhielt dafür einen Klaps auf ihr Hinterteil. *Autsch.*

„Nicht bewegen, Sub."

Ihr Kiefer spannte sich an. Wieso vermochte es seine Stimme allein, einen Waldbrand in ihr auszulösen?

„Welchen Aspekt meinst du, Simon?", fragte Logan.

„Jede Stelle kann für die Sub äußerst erregend sein. Es braucht lediglich den richtigen Dom."

Die Männer grinsten einander an. Michael sagte: „Wie wäre es mit einer Demonstration?"

Rona lauschte angestrengt.

„Also, Mädchen." Seine Stimme liebkoste sie auf seine autoritäre Weise, von der sie nicht genug bekam. „Nicht bewegen. Und halte die Augen auf die anderen Doms gerichtet."

Ein Schauer durchfuhr sie und sie zwang sich, stillzuhalten.

Eine Minute verging. Noch eine. Er stand direkt hinter ihr. Sie konnte seine Wärme und seinen Blick auf ihrem nackten Hintern spüren.

Er strich mit den Fingerspitzen über ihre Knöchel. Die Kenntnis allein, dass die Berührung von Simon kam, raubte ihr den Atem. Einen Moment später schloss sich seine Hand um ihre Knöchel und er drückte zu. Es fühlte sich an, als würde er sie fesseln. Das Gefühl seiner warmen Hände auf ihrer Haut löste einen Lustschauer aus, der direkt zu ihrer Klitoris schoss. Sie gab alles, um das Stöhnen zu unterdrücken, und versagte.

Die Doms lachten.

Jake schüttelte den Kopf. „Irgendein Bastard muss immer unsere Experimente ruinieren."

Ein tiefes Lachen erklang hinter ihr und Rona erstarrte. Was hatte er als Nächstes vor?

„Ich muss schon sagen, Jake", sagte Master Simon. „Ich bevorzuge auch die Stelle direkt unterm Arsch." Eine Pause folgte und dann zeichneten seine Finger die Falte zwischen ihrem Hintern und ihrem Oberschenkel nach. Eine wohlüberlegte Berührung. Warm, rau, unnachgiebig.

Inzwischen hatte sie jegliche Kontrolle über ihren Körper verloren. Sie rotierte mit den Hüften und presste sich seiner Hand entgegen.

Das Lachen von Master Simon war tief und erotisch und männlich. „Hoch mit dir, Mädchen. Das Experiment ist vorbei. Er umfasste ihren Arm und half ihr beim Aufstehen. Schockiert registrierte sie, dass sich seine andere Hand um ihre Pobacke legte. Er knetete ihr Fleisch und ihre Beine drohten, unter ihr einzuknicken.

Sie hob den Blick zu ihm. Sein Griff um ihren Arm war unbarmherzig. Er presste sie an seine Seite und berührte sie, als hätte er jedes Recht dazu. Seine Finger streichelten über ihr Hinterteil und jede neue Berührung erregte sie mehr.

Als er sie schließlich losließ, schimmerte Befriedigung in seinen Augen. Sanft streichelte er ihre Wange. „Du bist so wunderschön, wenn dir die Erregung ins Gesicht geschrieben steht, Süße."

Er wandte sich den anderen Doms zu. „Danke, meine Herren, dass ihr mir erlaubt habt, an dem Experiment teilzuhaben", sagte er und schlenderte davon.

Rona versuchte noch immer zu Atem zu kommen, während die anderen Doms eindeutige Blicke miteinander wechselten. „Glasklar die Sache, wenn ihr mich fragt", sagte Jake im gedehnten Akzent der Südstaaten. „Hast du jemals erlebt, dass Simon auf diese Weise sein Territorium absteckt?"

„Verspricht ein interessanter Abend zu werden." Logan zog seine Sub mit der cremeweißen Haut zwischen seine Knie. Die Augen seiner hübschen Sub schlossen sich befriedigt, als er gedankenverloren durch ihre Haare kämmte. Wehmut machte sich in Rona breit, mit einer Prise von Neid. Wie würde es sich anfühlen, zu den Füßen eines Mannes zu knien und seine Hände – Master Simons Hände – auf sich zu spüren?

„Nicht für mich, wie es aussieht", grummelte Michael.

Rona runzelte die Stirn. Hatte sie irgendetwas verpasst?

Michael händigte ihr wieder das Tablett mit den Getränken und lächelte sie an. „Auf geht's, kleine Sub."

Nachdem das Tablett endlich leer war, hatte sie sich beinahe an das Gefühl gewöhnt, zur Schau gestellt zu werden. Nur die Erregung, die Master Simon in ihr geweckt hatte, war immer noch nicht ganz verflogen.

Die Szenen und die Geräusche um sie herum, von Menschen, die miteinander Liebe machten, Peitschenschläge, Gestöhne und Gewimmer ließen ihre Begierde stetig ansteigen.

Drei Doms waren seit ihrem Zusammentreffen mit Simon auf sie zugekommen. Alle waren sie interessante und gutaussehende Männer. Warum hatte sie alle abgewiesen?

Weil sie nur auf Master Simon fixiert war. So wie jetzt; jedes Mal, wenn sie einen Blick auf ihn erhaschte, reagierte ihr Körper und sie schrie innerlich: *Ihn. Ich will nur ihn!*

Sie setzte das Tablett ab und lehnte sich im Wohnzimmer gegen die Wand. Nach all den guten Ratschlägen, die sie sich selbst gegeben hatte, und den vielen Regeln an ihrer Pinnwand, war es erneut passiert: Sie war einem Mann in die Falle gegangen. Sie war Simon vollkommen verfallen.

KAPITEL SECHS

Ah, da war sie ja. Simon erblickte seine kleine Sub. Sie lehnte neben der Küchentür an der Wand. Er hatte sie in den letzten Stunden beobachtet. Bisher hatte sie jeden Dom, der auf sie zugekommen war, abgewiesen.

Sehr gut. Sie mit einem anderen zu sehen, würde ihn innerlich zerreißen. Er wollte derjenige sein, der ihr alles zeigte und sie in den Lifestyle einführte. Er wollte sie von einem Orgasmus zum nächsten treiben. Er wollte ihr Vertrauen. Er wollte einfach alles mit ihr.

Schön langsam. Sonst würde sie wieder wegrennen.

Ein Köder war von Nöten. Neben einem schwarzen, gepolsterten Untersuchungstisch – seinem Lieblingsequipment – stellte er seine Tasche ab. Gleich daneben stand ein Couchtisch, auf dem ein Handtuch lag. Nach und nach nahm er die Vakuumglocken aus seiner Tasche und stellte sie aufs Handtuch.

Die Sub, die das Kommando in der Küche hatte, stellte eine Schüssel mit Bleichmittelwasser bereit.

„Oh, Master Simon, eine Cupping-Vorführung?"

Er nickte. Als er sich nach Rona umschaute, sah er, dass sie sich zu der Gruppe gesellt hatte, die um den Tisch stand. Sie sehnte sich also nach Erfahrung und Vielfalt? Er würde ihr Verlangen mit dem größten Vergnügen stillen. Er fing ihren Blick ein. „Komm zu mir, Mädchen."

Rona hörte, dass Master Simon einen Befehl in ihre Richtung knurrte. Sein Ton scheuchte die Schmetterlinge in ihrem Bauch auf. Es dauerte eine Weile, bis sie verstand, dass er nach ihr verlangte. *Komm. Her.*

„Ich?" Ihre Stimme quiekte.

„Du." Er rollte einen Ärmel seines Hemdes hoch, sein Blick auf sie gerichtet und runzelte nach einer Weile die Stirn. „Sofort."

Oh. Nein. Sie sollte zuerst darüber nachdenken und doch bewegten sich ihre Füße von ganz allein auf ihn zu. Ihre Hände fühlten sich taub an. Mit jedem Schritt, den sie sich ihm näherte, wuchs ihr Verlangen nach ihm. Ihre Haut war überempfindlich. Der Mantel auf ihrer Haut fühlte sich wie Sandpapier an. Sie ließ sich von seinen intensiven und abschätzenden Augen einfangen.

Direkt vor ihm hielt sie an.

„Braves Mädchen." Er umfasste ihr Kinn mit seiner rechten Hand. „Diese großen Augen." Er drückte ihr einen überschwänglichen Kuss auf die Lippen und trat einen Schritt zurück.

„I-Ich ..." Was wollte sie nur sagen?

„Du erinnerst dich an die Regel über das Sprechen, kleine Sub?" Er klopfte auf den Untersuchungstisch. „Ich will, dass du dich auf den Tisch setzt. Aber zuerst: Mantel ausziehen."

Die Leute. So viele Leute. Unter dem grünen Mantel trug sie lediglich einen BH und einen Stringtanga. Ihre Augen weiteten sich. Trotzdem schaffte sie es nicht, den Blickkontakt mit ihm zu unterbrechen.

„Den ganzen Abend warst du als Beobachterin unterwegs. Es wird Zeit für eine Session. Ich weiß, dass du es willst, Rona." Mit den Fingerknöcheln strich er sanft über ihre Wange. Sein

Lächeln galt nur ihr. „Ich werde es langsam angehen, mein Kleines."

Ein Lustschauer durchfuhr sie. *Ich will es. Und ich will es mit ihm machen.*

Er wartete geduldig. Seine selbstsichere Haltung wies sie daraufhin, dass er ihre Antwort bereits kannte. Wieso fühlte sie sich dadurch dermaßen bestätigt?

Stolz hob sie das Kinn, zog ihren Mantel aus und reichte Simon das Kleidungsstück. Sie zitterte am ganzen Leib. Von der kühlen Luft und vor allem von seinen Augen, die er über ihren Körper schweifen ließ – wie eine Brandmarkung.

„Braves Mädchen." Das Lob erwärmte sie von innen heraus. Er packte sie an der Hüfte und hob sie auf den Tisch.

Das Leder fühlte sich kalt unter ihrem Po an. Um nervöse Bewegungen zu vermeiden, verschränkte sie die Hände im Schoß.

„Beantworte mir eine Frage: Willst du zusehen oder lediglich fühlen?"

Sie biss sich auf die Unterlippe. Ihr Blick fand die Glasglocken, die mit einem Mal bedrohlich wirkten. „Zusehen."

„Okay." Er verstellte den Tisch und lehnte sie gegen das leicht erhobene Kopfteil. Bevor sie protestieren konnte, hatte er schon die Bändchen an ihrem BH gelöst und ihn ihr vom Körper gerissen.

Na großartig. Brüste, an denen schon kleine Babyzähnchen geknabbert hatten, mit weißen Dehnungsstreifen. Sie zwang sich dazu, ihre Hände in ihrem Schoß zu lassen und nicht dem Drang nachzukommen, ihre Brüste zu bedecken.

Zu ihrer Überraschung sah sie in seinen Augen ausschließlich Bewunderung. Er musterte sie aufmerksam und das Feuer in seinen Tiefen loderte höher und höher. Als seine schwieligen Finger dann endlich ihre Brüste umfassten, entrang ihr ein zufriedener Laut.

Es fühlte sich an, als hätte sie den ganzen Abend nur auf

seine Berührung gewartet. Seine Daumen zogen Kreise um ihre Nippel und Nässe sammelte sich in ihrem Tanga.

„Wie ich sehe, muss ich dich nicht aufwärmen", murmelte er. Er lehnte sich vor und küsste sie, während seine Hände immer noch ihre Brüste umfassten. Er reizte und betörte sie, bis die Welt um sie herum in den Hintergrund rückte. Er lehnte sich zurück und lächelte sie an. „Ich kann mich nicht erinnern, wann mir das Küssen das letzte Mal so einen Spaß gemacht hat. Du gibst alles, was du hast, meine Hübsche."

Ein weiterer Kuss folgte. Ein süßer Kuss, der schnell an Intensität gewann.

Nach einer Weile entriss er ihr die Lippen. Sie konnte sich nicht bewegen. Sie konnte lediglich in seine dunklen Tiefen starren.

Wieso fühlte es sich so richtig an, sich diesem Mann hinzugeben?

Er musterte sie eine Weile und sagte in einem sanften Ton: „Das ist meine Sub." Er legte so viel Überzeugung in seine Worte, dass sie ihn geschockt ansah. Sie schaffte es deswegen nicht, seine Aussage zu dementieren.

Er nahm einen Riemen und machte ihn direkt unterhalb ihrer Brüste fest. Eine weiche Handfessel wickelte sich um jedes Handgelenk. Dann hob er ihre Arme über ihren Kopf und befestigte sie am Tisch.

Sie schaute ihn nervös an und wurde sich wieder der vielen Zuschauer bewusst. „Was sind –"

Er warf ihr einen strengen Blick zu und sie verschluckte sich an der Frage. *Still sein. Nicht reden.* Aber …

Er winkelte ihre Knie an, bis ihre Fersen gegen ihren Hintern stießen und befestigte ihre Knöchel seitlich am Tisch. Die Position erinnerte sehr an einen Besuch beim Frauenarzt. Simon hatte jedoch dafür gesorgt, dass ihre Beine so weit gespreizt waren wie möglich.

Sie zog an ihren Armen und Beinen und schluckte schwer.

Sie fühlte sich beängstigend hilflos. Schweiß brach auf ihrer Stirn aus.

„Ah, mein Mädchen." Er näherte sich ihr und nahm ihr Gesicht zwischen beide Handflächen. Sie schaute in seine Augen und er schaffte es, ihr mit einem Blick zu versichern, dass sie bei ihm in Sicherheit war.

„Ich werde nichts tun, was dir missfallen könnte, Rona. Falls du einen Punkt erreichst, bei dem die Angst überhandnimmt, benutzt du dein Safeword. Wie lautet dein Safeword? Sprich es aus."

Sie blinzelte und leckte sich über ihre trockenen Lippen. Seine Daumen streichelten ihre Wangen. Geduldig wartete er auf eine Antwort.

„Houston. Mein Safeword lautet ‚Houston'."

„Sehr gut, Mädchen." Ohne die Hände von ihr zu nehmen, küsste er sie sanft und ausgiebig. Er küsste sie, als hätte er alle Zeit der Welt, als wären sie nicht von Zuschauern umgeben, die auf eine gute Show hofften.

Mit dem Kuss durchbrach er auch die letzte Mauer. Ihr Widerstand war gebrochen. Sie wusste mit absoluter Sicherheit, dass sie sich ihm vollkommen unterwerfen würde. Das machte ihr ein wenig Angst. Master Simon wusste genau, was er tat, und sie war sich nicht sicher, ob sie die Macht, die er über sie hatte, verabscheute oder bewunderte.

Er schaute ihr in die Augen. „Denkst du etwa schon wieder nach?"

Sie beobachtete, wie er sich ans Fußende des Untersuchungstisches bewegte. Jeder einzelne Muskel in ihrem Körper spannte sich an. Er löste die Schleifen seitlich an ihrem winzigen Tanga und zog ihn ihr aus. Erregung schoss gewalttätig durch ihren Körper. Wie ein Blitzschlag, dem sie nicht vermochte auszuweichen. Ihr Stöhnen verschmolz mit einem Wimmern.

Seine Augen flammten auf. Noch immer berührte er sie nicht und auf eine verrückte Weise war sie froh darüber.

„Dann lass uns mal mit deinen Nippeln anfangen", sagte er.

Er nahm einen kleinen glockenförmigen Glasbecher und platzierte ihn auf ihrer linken Brust. Das kühle Glas ließ ihre Nippel reagieren: Sie richteten sich auf. Kopfschüttelnd wählte er eine andere Größe und befestigte etwas an der Glocke, das wie eine Fugenspritze aussah.

Unerwartet berührte seine Hand ihre Pussy. Sie sog scharf den Atem an. „Wunderschön und so verdammt feucht", sagte er. Er strich mit den angefeuchteten Fingerspitzen über den Glasrand und drückte die Glocke fest gegen ihre Brust. „Bist du bereit, Mädchen?"

Ihr Körper bebte vor Verlangen und Angst machte sich in ihr breit. Sie nickte ihm zu und senkte dann den Blick auf ihre Brust.

„Ich erlaube dir jetzt zu sprechen. Sag mir, wenn es unangenehm wird." Er betätigte den Schalter.

Langsam entstand ein Vakuum und es fühlte sich an, als würde jemand sehr hart an ihrem Nippel saugen. Ihr Nippel schwoll an und sie konnte nur noch laut aufstöhnen: „Oh, mein Gott!"

Simon entließ ein tiefes Lachen. Aufmerksam beobachtete er sie und entschied, den Druck zu erhöhen. Das Ziehen verstärkte sich, Schmerzen manifestierten sich und sie versuchte instinktiv, die Glasglocke von ihrer Brust zu entfernen. Erst jetzt erkannte sie, dass sie gefesselt war.

„Das reicht erstmal." Er stellte die Pumpe ab und ließ den Nippel rot und geschwollen zurück. „Jetzt die andere Brust." Er wiederholte die Prozedur am zweiten Nippel.

„Das sieht so verrückt aus", murmelte sie und starrte auf die Glasglocken an ihren Brüsten. *Und fühlt sich auch verrückt an. Als würde permanent jemand an ihren Nippeln saugen.*

Er ging ans Fußende des Tisches und ihre Hände ballten sich zu Fäusten. Ihre Schenkel waren weit gespreizt, ihre Pussy für jedermann entblößt. Und er tat ... diese ... diese Sache mit ihr. Ihr Atem beschleunigte sich – vor Angst, vor dem Unbekannten, vor Erregung.

Er fuhr mit seinem Zeigefinger über ihre Schamlippen und lächelte, als sie zusammenzuckte. „Du bist so feucht."

Seit ihrer Ankunft war ihre Erregung exponentiell angewachsen. Es wunderte sie nicht im Geringsten, wie geschwollen ihr Geschlecht war und wie empfindlich sie war. Als er dann mit zwei Fingern in sie eindrang, konnte sie ein Wimmern nicht unterdrücken. *Oh Gott.* Ihre Beine zitterten. Die Fesseln um ihre Knöchel hinderten sie daran, sich zu bewegen. Während er sie beobachtete, ließ er seine Finger immer wieder in sie hineingleiten – quälend langsam trieb er ihr brennendes Verlangen in ungeahnte Höhen. Sie hob ihm ihr Becken entgegen und flehte ihn lautlos an: *Mehr, mehr, mehr. Ich brauche mehr.*

Sein rechter Mundwinkel zuckte. „Ich glaube, du bist bereit für den nächsten Schritt."

Er nahm eine weitere Glasglocke, schloss sie an die Pumpe an und platzierte dann das kalte Glas auf ihre Klitoris. Er ruckelte ein wenig daran, um sicherzustellen, dass es fest genug auflag.

Gott, sie würde ihn das wirklich tun lassen. Die Fesseln, seine dominanten Hände, seine Kontrolle, die merkwürdigen Glasglocken ... Sie biss sich auf die Unterlippe. Noch nie in ihrem ganzen Leben war sie so erregt gewesen.

Er fand den Schalter. Dann ging es los.

Die Luft wurde herausgesaugt, ein Vakuum entstand, Druck baute sich auf ... „Ooooh." Sie drückte den Rücken durch und presste die Augen zu, als diese schockierende Empfindung sie erschütterte. Der Druck verstärkte sich und schließlich schlug ihr geschwollenes Nervenbündel im Rhythmus ihres Herzschlages.

„Schau es dir an, Rona." Er schaltete die Pumpe aus.

Sie starrte nach unten. Rosafarbenes Fleisch füllte die Glocke und presste sich gegen die Glaswand. „Das bin ich?"

„Oh ja." Er klopfte mit dem Finger gegen die Glocke. Sie zuckte zusammen und stöhnte. „Selbst, wenn ich die Glocke abnehme, wird die Schwellung nicht sofort zurückgehen."

Seine Augen fanden die ihren. Sie versuchte, nicht daran zu denken, wie sich seine Finger später an dieser Stelle anfühlen würden.

„Wie lange lässt du die Glasbecher dran?" Wahrscheinlich hätte sie diese Frage stellen sollen, bevor sie auf dem Tisch Platz genommen hatte.

„Oh, noch für eine Weile."

Und was sollte sie in der Zeit tun? Däumchen drehen? Nicht, dass das mit gefesselten Händen möglich war.

„Keine Bange. Du wirst dich in der Zeit nicht langweilen."

Die Menge ringsherum brach in Gelächter aus.

Simon lächelte. Er konnte in Ronas türkisfarbenen Tiefen nicht nur ihre Erregung, sondern auch ihre Angst sehen.

Mit ihrem Körper – gefesselt, damit er mit ihr machen konnte, was er wollte – zeigte sie ihm, dass sie ihm vertraute. Es handelte sich um die Art Vertrauen, die er sich nicht kaufen konnte. Sie musste ihm dieses Vertrauen freiwillig geben.

Ja, sie vertraute ihm. Trotzdem wollte er so viel mehr. Mehr als ihr Vertrauen. Mehr als ihr offensichtliches Verlangen.

„Was willst du –"

Er unterbrach sie. „Ich möchte, dass du jetzt wieder schweigst. Es ist dir nur erlaubt zu sprechen, wenn ich dir eine Frage stelle."

Sie biss sich auf die Lippe und erschauerte. Seine Worte verstärkten sowohl ihre Erregung als auch ihre Angst. Wie würde sie mit zusätzlicher Stimulation zurechtkommen? Mit Schmerz? Er zog einen dünnen Rohrstock aus seiner Tasche. „Du erinnerst dich an dein Safeword?"

„Ja." Als er eine Augenbraue hochzog, fügte sie hastig hinzu: „Sir."

„Ausgezeichnet." Er fuhr mit dem dünnen Holz über ihren Knöchel und dann über ihre Wade. Er erreichte ihre Pussy, strich über den Bereich unterhalb der Glasglocke und bahnte sich einen Pfad um ihre Brüste, bevor er die Rute wieder Richtung Süden bewegte.

Ihre Bauchmuskeln spannten sich an. Ihr Blick war auf den folternden Rohrstock gerichtet.

Dann holte er aus und schlug sie leicht gegen ihren Schenkel. Sie zuckte vor Schreck zusammen, was die Glocken zum Wackeln brachte. Er konnte ihr ansehen, wie sich die Nachwirkung des Schlags wie eine Welle in ihrem ganzen Körper ausbreitete.

Wunderschön. Er fuhr fort, schlug mit dem Rohrstock entlang ihres Beines. Erst nach oben und dann wieder nach unten.

Ihre innere Sub kehrte sich nach außen. Der Ausdruck in ihren Augen war unmissverständlich. Sie wurde von unbekannten Empfindungen und Endorphinen überwältigt.

Als Nächstes holte er einen Glasdildo aus seiner Tasche. Er schob den Dildo zwischen ihre feuchten Schamlippen und bedeckte ihn mit ihrer Nässe. Dann drang er damit in sie ein.

Ahhh! **Rona kehrte** in die Realität zurück. Jede Zelle in ihrer Pussy erwachte von Neuem. Sie versuchte, sich zu bewegen. Schnell erinnerte sie sich, warum sie das nicht konnte! Ihre Atemzüge wurden hektisch. Ihr Verstand hatte sich ausgeschaltet, als die rhythmischen Schläge des Rohrstocks mit dem saugenden Gefühl der Saugglocken eine Symphonie der Lust bildeten.

Ihr Geschlecht pulsierte und mit jedem Herzschlag näherte sie sich einem übermächtigen Orgasmus. Ihr gesamter Körper bebte und sie musste die Augen schließen.

„Sieh mich an, Rona." Seine tiefe, männliche Stimme liebkoste sie. Er strich ihr mit der freien Hand über die Wange und sie öffnete die Augen.

Gott, er war so scharf. Wie eine Klinge. Kein simples Buttermesser, sondern mehr wie ein mittelalterlicher Dolch. Elegant und tödlich, doch stets mit einem fürsorglichen Ausdruck in seinen Augen. Sie konnte nicht anders: Sie lächelte.

„So ist es schon viel besser." Er streichelte über ihre Wange. „Halt die Augen auf mich gerichtet, Mädchen. Vorerst verbiete ich es dir, zu kommen."

Es dauerte eine Minute, bis sich die Bedeutung hinter seinen Worten einen Weg in ihren aufgewühlten Verstand bahnte. *Nicht kommen?* „Aber –"

„Nein. Nicht kommen." Sein Grinsen blitzte auf. Er trat zurück und strich mit diesem niederträchtigen Rohrstock über ihre Brust und teilte seitlich einen Schlag aus.

Ohh! Ihre ganze Brust brannte. Er schlug mit der Rute härter zu und umkreiste die Glocken auf ihren Brüsten. Ein stechender Schmerz durchfuhr sie wie ein Messer. Dennoch lag ihre gesamte Aufmerksamkeit auf dem Eindringling in ihrer Pussy und auf dem Druck an ihrer Klitoris. Sie wand sich auf dem Tisch. Natürlich erlaubte ihr der Riemen über ihren Rippen nicht viel Spielraum. Mit jedem Schlag verstärkte sich das Inferno in ihr. Sie wusste nicht, wie lange sie den Orgasmus noch zurückdrängen konnte.

„Oh, bitte!" Ein Stöhnen brach aus ihr heraus. „Ich muss –" *Ich muss kommen. Ich brauche nur noch ein bisschen mehr.*

Er stoppte.

Schwer atmend fand sie seinen Blick. Sie versuchte, ihre Gedanken zu ordnen.

Er schloss seine warme Hand um eines ihrer gefesselten Handgelenke. „Und nun, meine Schöne, hast du die Qual der Wahl: Ich kann dich hier und jetzt kommen lassen. Oder ich bringe dich ins Obergeschoss, in mein Bett, und wir machen Liebe miteinander. Du hast die Wahl."

„Sex?"

Seine Augen verdunkelten sich und er wiederholte nur ein Wort: „Liebe."

Sie konnte nicht klar denken. Sie wusste, dass er ihr damit

etwas sagen wollte, aber ... *Oh Gott*, der Gedanke an seine Hände auf ihr ... Sie erschauerte und flüsterte: „Ich will dich."

Sein Blick blieb auf ihr Gesicht gerichtet. Er küsste sie zärtlich und flüsterte an ihren Lippen: „Du kannst dir nicht vorstellen, wie glücklich du mich gerade machst, Rona." Er löste das Vakuum auf und nahm ihr die drei Glasglocken ab. Dann zog er den Dildo aus ihr heraus. Sie wimmerte. Sie fühlte sich so leer und verzehrte sich nach ihm. Er warf alles in die Schüssel, die er vorher bereitgestellt hatte und drehte sich wieder zu ihr.

Rona ließ den Blick an ihrem Körper hinabschweifen. Der Anblick schockierte sie: Die roten, geschwollenen Nippel und ihre Klitoris, die auf die dreifache Größe angewachsen war. Sie ragte aus ihren Falten heraus. Pulsierend und gierig.

Er löste sie von dem Untersuchungstisch, hob sie in die Arme und setzte sie auf einen Stuhl. Danach desinfizierte er das Equipment. „Bedient euch an den Saugglocken", sagte er zu seinen Gästen. „Logan, Jake, könnt ihr für eine Weile aufpassen?"

„Verlässt er doch einfach seine eigene Party", neckte Jake.

„Kein Problem, Simon. Wir übernehmen den Babysitter-Job für dich", antwortete Logan, Jakes Bruder.

Simon nickte. Er legte Rona den Weihnachtself-Mantel um die Schultern, führte sie die Treppe hoch, durch den Flur und in sein Schlafzimmer. Ein Gaskamin entzündete sich und projizierte tanzende Schatten an die Wände. Der blaue Teppich unter ihren nackten Füßen war flauschig und vermochte es, ihr hämmerndes Herz etwas zu beruhigen. Das Zimmer bestach durch dunkles Holz im dämmrigen Licht des Kamins.

Er zog ihr den Mantel aus. „Ich habe davon geträumt, dich in meinem Bett zu haben", hauchte er an ihrem Ohr. „Und Liebe mit dir zu machen."

Er schwang sie in seine Arme und legte sie in die Mitte seines großen Bettes. Durch seinen Blick allein machte er ihr klar, dass sie flach liegen bleiben sollte. Ihr Kopf schwirrte. Als er ihre Arme über den Kopf hob, erinnerte sie sich daran, dass er ihre Hand- und Fußfesseln nicht abgemacht hatte. Ein Klicken hallte durchs Zimmer. Er hatte sie ans Kopfende gefesselt. Sie zerrte an der Kette, die zu ihren Handfesseln reichte. Sie war ihm erneut hilflos ausgeliefert. Ein Schauer schoss durch ihren Körper. Sie war allein mit einem Mann, den sie kaum kannte. Und sie hatte sich von ihm fesseln lassen. War sie wahnsinnig geworden?

Er küsste sie auf ihre bebenden Lippen. „Entspann dich, Rona", murmelte er. „Ich will, dass wir beide Spaß daran haben. Sag: ,Ja, Master'."

Der Klang seiner Stimme half ihr, sich zu entspannen. Sie verstand es nicht. Sie verstand nicht, warum sie ihm bedingungslos vertraute. Sie atmete tief ein und runzelte dann die Stirn. Was sollte sie noch gleich sagen? *Ah ja. Ich weiß es wieder.* „Master?"

Ein zufriedenes Lächeln zeigte sich auf seinen gemeißelten Gesichtszügen. „Perfekt. Sag es noch einmal."

Als sie zögerte, packte er ihre Brüste mit beiden Händen und pulverisierte damit ihre Willenskraft. „Master." Alles in ihr wehrte sich dagegen, dieses Wort auszusprechen, und doch konnte sie sich dem warmen Gefühl nicht verwehren, das es in ihr auslöste. Endlich hatte sie das letzte Puzzleteil an seinen Platz gelegt.

„So ist es gut." Er stand noch immer neben dem Bett, lehnte sich über sie und küsste sie. Seine Zunge eroberte ihren Mund und seine Hände vergnügten sich mit ihren Brüsten.

Sie hatte schwer damit zu kämpfen, ihre Kontrolle wiederzuerlangen. Langsam glaubte sie, dass es sinnlos war, es überhaupt zu probieren. Ihr Verstand war in Aufruhr, wodurch sie verpasste, dass er ein Kissen unter ihren Hintern schob.

Danach beobachtete er sie und entledigte sich seiner Kleidung. Der Anblick seines nackten Körpers verschlug ihr den Atem.

Seine muskulösen Unterarme hatten erahnen lassen, wie der Rest seines Körpers aussah. Dennoch war sie auf seine definierte Brust, die von Muskeln nur so strotzte, nicht vorbereitet gewesen. Seine Brust war von schwarzen Haaren bedeckt und bildete einen schmalen Pfad, der ihren Blick zu seinem Schwanz führte.

Sie schnappte nach Luft. Er war länger als die Durchschnittsgröße. Was sie jedoch nicht erwartet hatte, war der Durchmesser seines Schwanzes. *Wow.* Hinzu kam, dass sich Adern um seine Länge schlängelten. Sie leckte sich über ihre trockenen Lippen. Sie konnte es nicht erwarten, ihn zu kosten.

Er folgte ihrem Blick und lachte. „Ich bin hart, seit du heute durch die Tür gekommen bist. Ich kann es nicht erwarten, endlich in dir zu sein", sagte er. „Vorher möchte ich aber noch ein bisschen spielen."

Seine Hände massierten ihre Brüste. „Habe ich schon erwähnt, wie sehr ich deine Brüste liebe?" Er lächelte, fand ihren Blick und senkte den Kopf, um seine Lippen um einen Nippel zu schließen. Die Wärme seines Mundes und seine feuchte Zunge an ihrem geschwollenen Fleisch ... *Oh, mein Gott*, ihr Kopf schwirrte! Er leckte über die Knospe, presste ihre Brüste zusammen und saugte so heftig an ihrem Nippel, so dass sie ein Stöhnen nicht unterdrücken konnte. Als sich seine Lippen um den anderen Nippel legten, schoss eine Welle der Erregung direkt zu ihrer geschundenen Klitoris.

Es dauerte nicht lange, bis er sich zu ihr ins Bett gesellte. Er drängte ihre Beine auseinander und nahm zwischen ihren Schenkeln Platz. Er hielt vollkommen still und schaute ihr in die Augen.

Sie war erregt, keine Frage. Aber unter das explosive Gemisch hatte sich auch Scham gemischt. Sie riss an ihren Armfesseln. Keine Chance: Sie konnte sich nicht bewegen. Sie versuchte, ihre Beine zu schließen, aber er war im Weg. Sie spannte die Knie an seiner Hüfte an und er reagierte, indem er ihre Beine packte und sie wieder spreizte – noch weiter als zuvor. Eine kühle Brise fegte über ihre feuchte Pussy.

„Es wäre besser, wenn du deine Beine schön weit gespreizt lässt, Rona. Wenn nicht, muss ich sie auch fesseln. Willst du das?"

Da sie weitere Einschränkungen verängstigten, sagte sie: „Ich werde mich benehmen, Sir."

„Sehr gut. Es gefällt mir, deinen inneren Kampf zu beobachten, wenn es um Gehorsam geht." Seine Hände fuhren über ihre Schenkelinnenseiten zu ihrem Geschlecht. Seine Daumen spreizten ihre Schamlippen und entblößten sie vor seinem gierigen Blick. Er senkte den Kopf und glitt mit der Zunge durch ihre Falten. Er kostete und umkreiste ihren Eingang, bevor er sich ihrem Nervenbündel am oberen Ende zuwandte:ihrer geschwollenen Klitoris. Sie war so erregt, dass es einer Folter gleichkam.

Schon im nächsten Moment presste er seinen Mund gegen ihre Pussy. Verheerende Begierde riss sie entzwei. „Oh, mein Gott!"

Unkontrolliert hob sie ihm die Hüften entgegen. Seine Hände pressten sie wieder auf die Matratze. Er fixierte sie und blies gegen ihre Klitoris. Ihre Beine bebten und sie winselte.

Seine Zunge umkreiste und leckte und neckte sie. *Oh Gott, oh Gott, oh Gott.* Das elektrisierende Gefühl schoss durch ihren ganzen Körper.

„Deine Klitoris ist hier" − er tippte gegen besagte Klitoris und am liebsten wäre sie zwei Meter in die Höhe gesprungen − „und sieh dir nur an, wie weit du deine Vorhaut zurückgelassen hast." Seinen Worten folgte eine weitere Berührung.

Sie stöhnte. Er verteilte ihre Feuchtigkeit und durchtränkte ihre Klitoris mit ihrer eigenen Nässe. Die Folter nahm kein Ende.

„Sie ragt soweit heraus, dass ich daran ziehen kann." Mit Daumen und Zeigefinger umschloss er die geschwollene Klitoris und ließ seinen Worten Taten folgen. *Mehr. Oh, bitte, ich will mehr.* Sie winkelte die Knie an und hob ihm das Becken entgegen.

Er gab ihr einen Klaps auf den Schenkel. Die Stelle brannte. Sie hätte nicht erwartet, dass der Schlag ihre Lust noch weiter anfachen könnte.

„Du bleibst schön, wo du bist, Sub." Das tiefe Knurren ließ

ihr Herz schneller schlagen. „Egal, was ich mit dir mache, du wirst es akzeptieren."

Sein Mund ersetzte seine Finger. *Oh Crom*, so heiß. Seine Zunge wirbelte um ihre Klitoris und schnellte darüber hinweg. Sie warf den Kopf in den Nacken, als sich jeder Muskel in ihr anspannte. Der Druck stieg und stieg und –

Und dann saugte er ihre Klitoris zwischen seine unnachgiebigen Lippen.

Sie wurde von einer Explosion erschüttert. Ihr Körper erstarrte, bevor sie unkontrolliert zuckte und stöhnte und ihre Lust in die Welt hinausschrie.

Trotz allem ließ er nicht von ihr ab. *Oh nein*, stattdessen schnellte er weiterhin mit seiner Zunge über ihre empfindliche Klitoris und sandte eine Welle nach der anderen durch ihren Körper.

Schließlich ließ er Gnade walten und zog sich von ihr zurück. Sie stöhnte. Ihr Herz schlug so heftig gegen ihren Brustkorb, dass sie sich sicher war, dass es im Inneren blaue Flecken zurückließ. Sie lag Schweiß gebadet und vollkommen Reiz überflutet vor ihm.

Noch nie hatte jemand solche Empfindungen in ihr wachgerüttelt. Sie öffnete ihre Augen und fand seinen Blick.

Ein Grübchen zeigte sich auf seiner Wange. „Dein Orgasmus war wunderschön. Allerdings bist du mir ein bisschen zu schnell gekommen." Er knabberte an ihrer linken Schenkelinnenseite und die Wände ihres Geschlechts zogen sich zusammen. „Beim nächsten Mal lasse ich dich dafür arbeiten, Mädchen."

Beim nächsten Mal? Sie hatte sich geirrt. Sie war nicht wahnsinnig, sondern er.

Er packte sie mit seinen starken Händen um die Taille und positionierte sie auf ihren Knien. Als sie versuchte, sich auf ihre Ellbogen zu stützen, zog er sie Richtung Fußende, bis ihre Arme ausgestreckt waren.

Sie legte die Stirn auf ihren Oberarm. „Simon?"

„Wer?"

Sie erbebte bei seiner eisigen Stimme. Er entblößte nicht nur ihren Körper. Er schaffte es auch, mit seinen Forderungen geheime Kammern in ihr zu öffnen, die unentdeckte Begierde freiließen. Verlangen und Lust. Von Anfang an hatte er es gewusst. Er wusste, dass sie sich danach sehnte, was er ihr geben konnte. Er wusste, dass er mit ihr anstellen konnte, was auch immer er wollte. Noch hatte sie es mit keinem Wort zugegeben. Sie wusste, dass sich hinter dem Wort, das er von ihr hören wollte, eine größere Bedeutung verbarg. „Sir, was machst du da?"

Seine Hände fuhren über ihren Körper. Besitzergreifend berührte und positionierte er sie zu seinem ganz persönlichen Vergnügen.

„Rona, ich werde dich jetzt nehmen."

Sie hörte, wie er ein Kondompäckchen aufriss. Erwartungsvoll spannten sich ihre Muskeln an.

Sein Schwanz presste sich gegen sie und er glitt mit seiner Eichel durch ihre feuchte Spalte. Ein sehnsüchtiger Schauer fegte durch sie. Er zögerte nicht lange und drang mit einem geschmeidigen Stoß in sie ein.

Sie war so feucht und trotzdem wehrte sich ihr Körper gegen die Invasion. Aber ... *Oh Gott*, er fühlte sich so gut an. Er füllte eine ungeahnte Leere in ihr aus. Sie bezweifelte, dass sie jemals genug davon bekam. Von ihm.

Ein weiteres Mal würde sie nicht kommen. Sie war zufrieden – immerhin hatte sie schon einmal zur Erlösung gefunden. Jetzt konnte sie sich darauf konzentrieren, dass er kam. Diesen Moment würde sie in vollen Zügen auskosten.

Er lachte und packte ihren Hintern. „Hast du den Verstand schon wieder eingeschaltet, Mädchen?" Er zog seine harte Länge zurück. Wie er mit seinem Schwanz an den Wänden ihrer Pussy entlangstrich, sandte Wellen der puren Lust durch ihren Körper. Dann drang er wieder in sie ein, beschleunigte das Tempo, rein und raus, bis er bei jedem Stoß gegen ihren Hintern klatschte. Gekonnt stieß er mit seinen Hoden gegen ihre Klitoris, was ihr ein Stöhnen nach dem nächsten entlockte. Sie konnte es nicht fassen: erneut baute sich Druck in ihr auf.

Sie wackelte mit den Hüften, wollte ihn antreiben, doch er lachte nur.

„Immer noch zu viel Bewegungsfreiheit, wie ich feststellen muss. Beim nächsten Mal werde ich dich an Händen und Füßen fesseln." Die Vorstellung ließ die Schmetterlinge in ihrem Bauch aufhorchen. *Beim nächsten Mal.*

„Für heute habe ich einen anderen Plan." Er drängte ihre Unterschenkel auseinander und ließ ihr keine Wahl, als auf ihren gefährlich weit gespreizten Knien zu balancieren. Er packte beide Pohälften und glitt erneut in ihre Hitze, wodurch er das Feuer in ihrem Inneren weiter anfachte. Ihre Unfähigkeit, sich zu widersetzen, verstärkte die Intensität des Aktes auf eine beängstigende Weise.

„Schon besser", murmelte er befriedigt. Sie fühlte seine Hände auf ihren Hüften. Er packte sie und begann, sich wieder zu bewegen. *Rein. Raus.* Erst sanft, dann härter. Bei jedem Stoß zog er sie zu sich. *Rein. Raus.* Sie wand sich in seiner Umklammerung und die Erregung in ihr stieg weiter an. Er fand einen Rhythmus, der ihre Lust antrieb. Ihr Verstand vernebelte sich, während ihr Verlangen den Siedepunkt erreichte. *Rein. Raus.* Ihr Geschlecht pulsierte um seine Länge und näherte sich einem erneuten Höhepunkt.

Dann lehnte er sich vor, presste seine Brust gegen ihren Rücken und stützte sich mit einem Arm ab. Seinen freien Arm wickelte er um sie und schon bald spürte sie seine Finger an ihrer Pussy. Er glitt durch ihre Schamlippen und fand ihre geschwollene Klitoris. Er umkreiste das Nervenbündel und nahm sie hart ran. Beim nächsten Stoß rieb er über ihre Klitoris, reizte und betörte die erogene Zone. Er ließ nicht nach. Auch nicht, als ihr Körper von einem unkontrollierten Beben erfasst wurde.

Ihre Klitoris war so geschwollen, so prall und empfindlich, dass Rona bei der geringsten Berührung seiner Finger stöhnte. Noch ein Stoß ... sie wusste, dass es nicht mehr viel brauchte, um sie über die Kante zu stoßen. Sie streckte ihm ihren Hintern entgegen, ohne zu wissen, ob sie in Berührung mit seinem Schwanz oder seiner Hand kam. Mittlerweile hatte sie keine Ahnung, nach was sie sich mehr sehnte.

Mehr. „Bitte", wimmerte sie.

„Bitte was, meine Süße?" Seine Stimme war durchdringend. Sein rauer Kiefer kratzte an ihrer Schulter. Seine Berührungen und seine Stöße fanden kein Ende.

Ich brauche mehr, bitte ... Sie wusste, dass er das nicht hören wollte. Nein, er wollte etwas vollkommen anderes hören. „Master", flüsterte sie. „Bitte."

„Nichts würde mich mehr befriedigen, als dein Verlangen zu stillen."

Er lehnte sich auf seine Knie zurück. Seine Handflächen drückten dabei auf ihren Venushügel und seine Finger spreizten ihre Falten. Beides verstärkte den Druck auf ihre Klitoris. Während er hart und schnell in sie stieß, glitten seine feuchten Finger über ihre Klitoris, umkreisten und zwickten das Nervenbündel. Stoß, kneifen, Stoß, reiben, Stoß, kneifen. Sie fühlte, wie der Orgasmus unaufhörlich auf sie zuraste. Sie versuchte, ihre Hüften zu kreisen, aber er gab ihr keinen Spielraum. Er packte sie fester und gab ihr lediglich, was er bereit war, ihr zu geben. Plötzlich veränderte er den Winkel seiner Stöße. Sein Schwanz rieb über eine Stelle, die ihr mit einem Mal den Atem raubte.

Sie warf den Kopf in den Nacken. Wie bei einem Vulkanausbruch explodierte der Höhepunkt aus ihr heraus. Hitze und Lust, eine Explosion heißer Perfektion nach der anderen, bis jeder Gedanke ausgelöscht war und ihr ganzer Körper von sengend heißer Lava überrollt wurde. *„Oh, oh, oh!"*

Sie bäumte sich in seinen Armen auf, zuckte und bebte, doch er hielt sie fest. Er zwang sie, jede Empfindung zu erleben, die er in ihr auslöste. Inzwischen ließ er nicht von ihr ab. Sein Schwanz stieß in ihre pulsierende Pussy und seine Hände streichelten sie und ließen sie wissen, dass er für sie da war.

Sie legte die Stirn auf ihren Arm. Sie landete wieder auf der Erde und schnappte verzweifelt nach Luft.

Wie war das möglich? Niemals hätte sie für möglich gehalten, dass sie derartig intensive Orgasmen erleben konnte. Ein Sinnesrausch der Extraklasse. Tränen brannten in ihren Augen. Er küsste ihren Hals und flüsterte ihr zu, wie wunderschön sie war und wie sehr sie ihn befriedigte. Durch seine Worte normalisierte sich ihre Atmung.

Sie war vollkommen am Ende. Wenn er sie nicht noch immer festhalten würde, wäre sie auf dem Bett zusammengebrochen. „Wir sind noch nicht ganz fertig, Kleines."

Wieder packte er sie an den Hüften. Er hämmerte in sie und verlor sich in ihrer pulsierenden Hitze. Einmal, zweimal. Beim dritten Stoß spürte sie, wie sein Schwanz in ihr anschwoll und er selbst zur Erlösung fand. Gleichzeitig zwickte er in ihre geschundene Klitoris. Sie schrie. Sie schrie und schrie, als ein weiterer Orgasmus sie in ihren Grundfesten erschütterte.

Wie eine heiße Faust schloss sich ihre Pussy um seinen Schwanz und entlockte ihm auch den letzten Tropfen, den er zu bieten hatte. Ihr Oberkörper lag flach auf dem Bett, ihre goldenen Haare ausgebreitet auf ihrem Rücken und ihre cremeweiße Haut bildete einen erotischen Kontrast zu seinen königsblauen Bettlaken. Ihre Hingabe war ein Geschenk, dass er nie wieder zurückgeben wollte. Sie war bezaubernd. Einfach wunderschön. Für einen Moment rührte er sich nicht. Er genoss lediglich die Nachwehen ihrer Orgasmen. Ihr Geschlecht zuckte noch immer um seinen allmählich erschlaffenden Penis. Nach einer Weile zog er sich aus ihrer tröstenden Wärme zurück. Gemächlichen Schrittes ging er ins Badezimmer und entsorgte das Kondom.

Als er ins Schlafzimmer trat, hatte sie sich keinen Zentimeter vom Fleck bewegt. Er löste die Kette, die vom Kopfende zu ihren Handschellen reichte. Ihm gefiel der Anblick, den sie mit den Fesseln um ihre Handgelenke bot, weshalb er entschied, sich noch ein wenig daran zu erfreuen. Er legte sich neben sie, zog sie an seine Seite und legte ihren Kopf auf seine Schulter. Leise seufzend kuschelte sie sich wie ein kleines Kätzchen an ihn, legte einen Arm über seine Brust und hob ein Bein über seine Oberschenkel.

Anschmiegsam und empfänglich, klug und hingebungsvoll. Er kannte sie noch nicht lange. Dennoch war es ihr bereits gelungen, die Leere in ihm zu füllen. Er wollte sie behalten. Hier. In seinem Bett.

In seinem Haus.

Er rieb mit seiner Hand über ihren Rücken. Ein paar Sekunden später erwiderte sie seine Berührungen und ließ ihre Hand über seine Brust gleiten. Er hatte sie hart rangenommen und er war sich sicher, dass nicht nur ihr Körper, sondern auch ihr Geist erschöpft war. Trotzdem wollte sie ihm etwas zurückgeben. Die Frau wärmte sein Herz. Er zog sie noch näher an sich. Er wollte verdammt sein, wenn er sie gehen ließ.

Anders als bei einer normalen Beziehung, die langsam von Freundschaft in Liebe überging, waren seine Gefühle für Rona ganz plötzlich aufgeflammt – wie die Blumen in den Bergen an seinem Geburtsort. Rona war ihm niemals wie eine Fremde erschienen. Von Anfang an wusste er genau, wer sie war. Er hatte ihr in die Seele blicken können.

Es fühlte sich an wie damals, als er in San Francisco angekommen war und ihm eine höhere Macht gesagt hatte: *Hier bin ich Zuhause, hier gehöre ich hin.*

Bei Rona fühlte er dasselbe. *Sie gehört zu ihm. An seine Seite.*

Während sie sich an ihn schmiegte, ließ er es sich nicht nehmen, ihren sichtbaren Nippel zu berühren – noch immer rot und geschwollen. Sanft kniff er in die samtweiche Knospe und er lächelte, als ihr gesamter Körper von einem Lustschauer durchgeschüttelt wurde. Die Art und Weise, wie sie auf ihn reagierte, auf seine Stimme und seinen Körper, seine Berührungen, verriet ihm, dass auch sie sich der Verbindung zwischen den beiden bewusst war. Nur ihr Verstand zögerte, etwas zu akzeptieren, das keiner Logik folgte.

Sie war eine starrköpfige Frau. Er bewunderte das. *Verdammt.* Sie hatte sich einen Kurs gesetzt und es brauchte einiges, sie davon abzubringen. Der Dom in ihm sehnte sich doch glatt danach, den Flogger rauszuholen, um ihr aufzuzeigen, dass es Zeit war, den Kurs neu zu berechnen.

KAPITEL SIEBEN

Ronas **Kopf ruhte** auf Simons Schulter. Ihre Hand lag auf seiner Brust und sie spürte seine gleichmäßigen Herzschläge. Der Raum roch nach Sex und nach seinem erregenden Eau de Cologne. Sie hatte ihm gestattet, dass er sie näher an seinen Körper zog. Sie wollte sich dem Trost nicht verwehren. Sie brauchte dieses Gefühl als Barriere gegen ihre Unsicherheit. Ihr Verstand lag in Scherben. Sie wusste nur, dass sie sich verloren fühlte. Nicht mehr lange und sie wäre wieder allein. Wenn er sie fortschickte.

Was war nur mit ihr los? Sie hatten gerade guten – nein, fantastischen – Sex gehabt und jetzt ... musste sie Tränen zurückdrängen.

Sein Arm wickelte sich enger um sie und seine freie Hand streichelte ihre Wange. „Mädchen –"

„Wir müssen aufstehen", unterbrach sie ihn schnell mit einer Stimme, die ihren inneren Tumult nicht verbergen konnte. Er wusste es. Und sie wollte nicht darüber reden.

Seine Hand pausierte. Seufzend sagte er: „In Ordnung. Ich bin schließlich der Gastgeber." Er strich ihr eine entflohene Strähne hinters Ohr und sah ihr tief in die Augen. „Trotzdem wirst du nicht um das Gespräch herumkommen; später möchte ich wissen, was dich bedrückt."

Die sanfte Bestimmtheit in seiner Stimme trieb ihr erneut Tränen in die Augen. Ihre Nase brannte und sie presste die Augen zu. Warum musste er auch so perfekt sein? *Verdammt.* Sie wusste nicht genau, wie er es geschafft hatte. Nur eines wusste sie sicher: Seine verdammte Entschlossenheit hatte einen Beitrag dazu geleistet, dass sie ihren Schwur ignorierte. Andere Männer gab es nicht. Es gab nur ihn. Noch nie im Leben hatte sie derartige Gefühle für einen Mann gehegt. *Hier gehöre ich hin. In sein Bett. In seine Arme.* Der Gedanke schreckte sie auf. Auch mit ihrem Ehemann hatte sie sich zuerst sicher gefühlt. *Wir wissen alle, wie das geendet hat.*

Vielleicht hatte sie Mark nicht so heiß gefunden. Auch hatte er nicht so perfekt gewusst, wie er sie befriedigen sollte. Nein, er hatte nie so extreme Orgasmen aus ihr herauslocken können. Orgasmen. Mehrzahl. *Crom, reiß dich zusammen, Rona.* Sie zögerte nicht und hüpfte aus dem Bett. „Na ja, also, danke für eine tolle Zeit."

Simon lag noch immer im Bett, die Arme hinter dem Kopf verschränkt und betrachtete sie aufmerksam. „Gern geschehen."

„Ich gehe jetzt wieder nach unten." Sie musste jemanden finden, um ihren Verstand – nein, ihr Herz – von diesem überwältigenden Mann zu befreien. Sie zog sich den Elfenmantel wieder an und wünschte sich den verdammten Gürtel herbei, um sich bedecken zu können. Sie betete, dass sich ihr BH und ihr Tanga noch im Wohnzimmer befanden. Unbeschadet.

„Dafür, dass du ohne Erlaubnis gesprochen hast und aufgestanden bist, wirst du mit dem Entzug deiner Unterwäsche bestraft", sagte Simon humorlos. „Den Mantel lasse ich dir."

„Aber das kannst du doch nicht –"

„Willst du den Mantel auch noch verlieren?"

Sie schüttelte den Kopf. Keine Unterwäsche? Sie schaute an sich hinab. *Oh, mein Gott.* Ihre Nippel leuchteten noch immer blutrot und ihre Klitoris ragte aus ihren Schamlippen hervor. Sie wickelte die beiden Hälften des Mantels um ihren Körper und bemerkte zu spät, dass Simon sich vom Bett erhob. Ohne ein Wort zu sagen, riss er den Mantel auf und umfasste ihre Brüste mit seinen Händen. Zuerst wollte sie seine Handgelenke packen und seine Hände von ihrem Körper nehmen, doch der Blick in seinen dunklen Augen hielt sie davon ab. Sie beobachtete, wie sich sein Kiefer anspannte. Sie senkte ihre Arme.

Gnadenlos reizte er sie, bis ihre Nippel vor ihm salutierten. Sie krallte sich mit den Zehen im Teppich fest, um nicht laut aufzustöhnen. Seine Nähe allein brachte sie bereits völlig aus der Fassung.

„Jetzt darfst du nach unten gehen. Oh, und Rona?“ Er schob seinen Zeigefinger unter ihr Kinn, fand ihren Blick und sagte: „Ich genieße es, deine Brüste und deine Pussy zu sehen. Heute Abend möchte ich, dass auch meine Gäste in diesen Genuss kommen. Wenn ich also sehe, dass du den Mantel schließt, werde ich ihn dir vom Körper reißen.“

Ihre Kehle schnürte sich zu. Sein Blick verriet, dass er es ernst meinte. Dunkel, besitzergreifend und betörend.

„Wie lautet die entsprechende Antwort, Sub?“

„Ja, Mas –“ *Nein, nein, nein. Er ist nicht mein Master!* „Ja, Sir.“

Er presste die Lippen zusammen. Wenn er den Kiefer noch fester anspannte, würde er brechen. „Das ist nicht korrekt, aber ich werde es dir dieses Mal durchgehen lassen. Ich bin mir sicher, dass du deine Meinung schon bald ändern wirst, Rona“, sagte er in einem sanften Ton, der im totalen Kontrast zu seinem angespannten Kiefer stand. Er strich mit dem Daumen über ihre Unterlippe und verfolgte den Pfad mit seinen Augen.

„Nein, das werde ich nicht.“ Sie wich vor ihm zurück und trat durch die Tür. *Das darf ich nicht.*

Sie rief sich die Jahre ihrer Ehe ins Bewusstsein: Jahre, gefüllt mit Gesprächen, die einer Folter gleichkamen. Jahre, in denen sie nachts neben ihrem Ehemann verbracht hatte und in denen sie sich täglich gefragt hatte, was aus der Leidenschaft geworden war, die bereits zu Beginn mehr als enttäuschend gewesen war.

Sie hatten nicht oft Sex gehabt. Zumeist in der Missionarsstellung. Nur an Tagen, an denen sich Mark besonders abenteuerlustig gefühlt hatte – zumeist in Folge von ein paar Drinks –, nahm er sie auch mal von hinten.

Nichtsdestotrotz schaffte sie es nicht, die Erinnerung der letzten Stunde zu verdrängen: Simons unerbittlicher Griff; seine Finger, die ihre geschwollene Klitoris betört hatten; die Befehle aus seinem Mund. Würde Sex mit ihm jemals langweilig werden?

Vielleicht, vielleicht auch nicht. Sie wollte das Risiko nicht eingehen. Sie schuldete es sich selbst, ihr Singleleben in vollen Zügen auszukosten.

***

Im Erdgeschoss angekommen, brachen die Geräusche der Party über sie ein. Sie atmete tief ein, nahm die Hände von ihrem Mantel – *verfluchter Mistkerl* – und beschloss, noch ein wenig Spaß zu haben.

Eine Stunde später war sie immer noch nicht schlauer. Was war nur ihr Problem? Die Männer waren großartig, nett, und doch ließ sie keinen an sich ran. Sie gab Simon die Schuld. Sie musste hier verschwinden. In seiner Nähe zu sein, beeinträchtigte ihr Urteilsvermögen. Daran gab es keinen Zweifel.

Auf dem Weg zum Umkleidezimmer lief sie an einer Session vorbei, die sich in einer Nische unter der Treppe abspielte. Ihr Blick wanderte zu dem Paar und der Anblick ließ sie innehalten.

Eine Frau war an einen Pfosten gekettet. Sie schluchzte. Ein Ballknebel blockierte ihren Mund und Tränen rannen über ihre Wangen, während sie von einem muskelbepackten Mann mit einem dicken Rohrstock regelrecht verprügelt wurde. Böse, blutrote Striemen bedeckten den gesamten Körper der Sub.

Die Frau bemerkte Rona und trotz des Knebels in ihrem Mund, konnte Rona das Wort ‚Rot‘ klar und deutlich verstehen. *Das Safeword.*

Der Dom ignorierte sie. Rona tat das nicht und erhob ihre

Stimme, so dass alle in der Nähe sie hören konnten. „Rot! Sie hat ‚Rot' gesagt! Hör sofort auf!"

Der Dom schaute über seine Schulter und funkelte sie wütend an. „Verzieh dich, du dumme Schlampe, und versau mir nicht meine Session." Dann wandte er sich von Rona ab und holte erneut mit dem Rohrstock aus.

Entschlossen trat Rona einen Schritt auf die Szene zu. Sie wollte verdammt sein, wenn sie bei sowas nur zusah. In der nächsten Sekunde wickelte sich von hinten ein Arm um ihre Taille und hielt sie zurück.

„Das ist mein Job, Mädchen. Danke, dass du Alarm geschlagen hast." Master Simon packte den Rohrstock auf seinem Weg, mehr Schaden anzurichten, und riss ihn dem Dom aus der Hand. Rona zuckte zusammen, als sie bemerkte, dass der Dom jünger, größer und zudem in einer höheren Gewichtsklasse als Simon war.

Der Dom holte mit seiner rechten Faust aus. Simon blockte den Arm ab und landete einen Schlag in die Magengegend des Mannes. Er schrie vor Schmerzen, beugte sich vor und wickelte beide Arme um seinen Bauch. Simon packte den anderen Mann am Kopf und rammte ihm sein Knie ins Gesicht.

Es knackte. Simon hatte dem Mann die Nase gebrochen. Rona drehte sich der Magen um.

Simon ließ den stöhnenden Mann zu Boden fallen und blickte auf die versammelte Menschenmenge. „Logan, pack seine Sachen zusammen. Jake, übernimmst du die Ehre, den Mistkerl aus meinem Haus zu werfen?"

Jake nickte mit versteinerter Miene.

„Gute Arbeit, Kumpel", sagte Logan.

Ronas Aufmerksamkeit galt einzig und allein der Sub. Sie löste den Ballknebel des misshandelten Mädchens und machte sich dann an die Fesseln. Simon gesellte sich schon bald zu ihr und ging ihr zur Hand.

Endlich frei, brach die Sub zusammen. Simon bewahrte sie vor noch Schlimmerem und fing sie auf. Ihr gesamter Körper war von Wunden übersät. Sie schluchzte so bitterlich, dass ihre Zähne klapperten.

Rona bemerkte, dass die Sub völlig unterkühlt war. Mit finsterem Blick rief sie in die Menge: „Bringt mir ein paar Decken." Dann fand sie den Blick einer Elfe. „Mach ihr ein heißes Getränk, bitte. Kaffee, Tee, heiße Schokolade – was auch immer du findest."

„Jawohl, Ma'am." Die Sub rannte in die Küche. Gleich darauf kam eine andere mit einer weichen Decke zurück. Rona wickelte die schluchzende Sub in die Decke und folgte Simon, der sie anschließend ins Wohnzimmer trug. Ohne sie abzulegen, drehte er sich zu Jake und sagte: „Jake, sie braucht einen warmen Körper."

Einer der rustikalen Brüder war zurückgekehrt. Er nahm Simon die zitternde Sub ab, setzte sich auf die Couch und platzierte sie auf seinem Schoß. Wie ein Kind wog er sie in seinen Armen und flüsterte ihr tröstende Worte zu.

Sehr gut, dachte Rona. Die Sub mit dem Tee kam und überreichte die Tasse an Rona. Diese prüfte die Temperatur mit einem Finger und lächelte. *Schön warm. Der Tee wird ihr guttun.* Sie nahm neben Jake und der Sub Platz und hob die Tasse zu ihrem Mund. „Trink, Süße."

Die Sub schien sie noch nicht mal zu hören.

Jake schloss seine große Hand um die Tasse. „Kleine Sub", sagte er mit tiefer Stimme. Die Sub in seinen Armen erstarrte. „Trink."

Bei dem Befehl hatte sogar Rona das Bedürfnis, sich die Tasse zu schnappen und einen Schluck zu nehmen. Gerade rechtzeitig schüttelte sie seine dominante Wirkung ab und beobachtete, wie die Sub in seinen Armen gehorsam ihren Tee trank. Langsam ließ ihr Zittern nach. Sie legte den Kopf an Jakes Schulter und er zog sie enger an seinen warmen Körper.

Simon wickelte eine weitere Decke um das Mädchen, sein Gesicht noch immer angespannt. „Später werde ich mich mit ihr über Sicherheit und die Wahl eines Doms unterhalten."

„Das kann ich übernehmen, Simon", sagte Jake. „Mir hat gleich etwas an diesem Arschloch nicht gefallen. Ich hätte meinem Bauchgefühl vertrauen und ihn im Auge behalten sollen."

„Und ich hätte bei der Auswahl meiner Gästeliste achtsamer sein sollen. Lass mich wissen, wenn du etwas brauchst."

Rona stellte fest, dass sie nichts mehr beizutragen hatte. Sie entschied, zu tun, was sie von Anfang an vorgehabt hatte: Die Flucht ergreifen. Die gewaltreiche Szene hatte sie erschreckt und ins Grübeln gebracht. Erst die Gleichgültigkeit des Doms, die Missachtung der Regeln und dann Simons anmutige Gegenreaktion. Sie schüttelte den Kopf, als sie sich daran erinnerte, wie mühelos er den riesigen Dom ausgeschaltet hatte. Er war zu geschmeidig gewesen, um einen Vergleich mit Chuck Norris anzustellen, aber seine Bewegungsabläufe waren ähnlich. Der Beschützerinstinkt stand ihm ins Gesicht geschrieben. *Crom*, wirklich verdammt sexy.

Verdammt, wenn es so weiterging, wusste sie nicht, wie sie ihm noch länger widerstehen sollte.

„Rona." Simons klangvolle Baritonstimme schickte einen Lustschauer durch ihren Körper, den sie nur zu gerne vermieden hätte. Es fühlte sich an, als wäre ihr Körper einzig und allein auf seine Frequenz eingestellt.

Sie drehte sich zu ihm. „Ja, Sir."

Er ging zu ihr und kam ihr so nah, dass sie sein Aftershave und sein würziges Duschgel riechen konnte. Seine Wärme wickelte sich wie eine Decke um ihren Körper. Im Geiste bereitete sie sich auf die Unterhaltung vor und wagte es, ihm in die Augen zu sehen.

In seinen dunklen Tiefen schwammen noch immer Rückstände von Wut. Dann lächelte er. Dieses Lächeln vermochte es, dass sie sich entspannte. Es war ein Lächeln, das sie an den Duft des Frühlings erinnerte. Die Vorfreude auf wärmere Tage nach einem langen, trostlosen Winter. „Mädchen, das hast du gut gemacht. Du hast erkannt, dass jemand Hilfe braucht und hast sofort gehandelt. Du hast ihr aus einer furchtbaren Situation herausgeholfen."

Sie zuckte mit den Schultern. „Jeder andere hätte genauso gehandelt."

„Nein, meine Süße. Du *sorgst* dich. Und wenn du dich sorgst, *handelst* du. Du bist effektiv. Das ist eine seltene Kombination."

Verdammt, seine anerkennenden Worte sollten nicht diese Wirkung auf sie haben. Sie ignorierte die Wärme, die in ihrem Bauch aufblühte und wechselte das Thema. „Warum hast du Jake gebeten, sich um sie zu kümmern? Du hast eine sehr ..." *Beruhigende Wirkung*. Niemand könnte die Sub so gut trösten und ihr die nötige Sicherheit vermitteln wie Master Simon.

„Jake ist nicht liiert."

„Das bist du auch nicht."

Lachfältchen in seinen Augenwinkeln erschienen. Er streichelte ihre Wange und richtete seinen intensiven Blick auf sie. „Ich bin dabei, das zu ändern."

„Nein!" Die laute Antwort brach aus ihr heraus. „Ich gehe keine Beziehung ein. Nicht mit dir und auch mit sonst niemandem. Ich will experimentieren, mit vielen Männern. Ich werde mich nicht wieder an einen Mann binden. Niemals wieder. Um nichts auf der Welt!"

Sie drehte sich auf dem Absatz um, um seiner Reaktion zu entgehen und eilte davon.

Simon starrte ihr hinterher. Am liebsten würde er seine Faust in die Wand neben ihm rammen. *Verdammt*. Vielleicht sollte er nachsehen, ob das jämmerliche Stück Scheiße, das es wagte, sich Dom zu nennen, noch vor seinem Haus lauerte. An ihm könnte er seine Laune auslassen.

„Okay", sagte Logan gedehnt. „Sie nimmt kein Blatt vor den Mund, oder?" Logan stand mit seiner reizenden, kurvigen Sub Rebecca in der Nähe, den Arm besitzergreifend um ihre Schulter gelegt.

„Nein, da hast du recht. Sie hat kein Problem damit, mir ihre Gedanken ins Gesicht zu sagen", knurrte Simon.

Rebecca lachte. Sie wollte etwas sagen, hielt jedoch inne. Ihr Blick fand den ihres Doms.

„Sag ruhig, was du zu sagen hast, kleine Rebellin."

„Ich denke, sie will dich. Ansonsten wäre sie nicht so explodiert", sagte Rebecca. „Sie erinnert mich an ... na ja, an mich. Beruflich erfolgreich, ein wenig überwältigt von der BDSM-Szene. Trotzdem ist sie neugierig. Es gefällt ihr." Sie grinste. „Außerdem sind mir ihre Blicke aufgefallen. Wie sie dich anschaut ... Sie hasst sich dafür, aber sie kann nicht anders, als immer wieder mit den Augen nach dir zu suchen."

Logan nickte. „Sie will dich."

„Ich weiß." Simon guckte finster auf die Tür, durch die seine Sub geflüchtet war. „Leider neigt sie dazu, die Flucht zu ergreifen, anstatt sich ihre Gefühle einzugestehen." Ihr Ex war ein inkompetenter Bastard, der die Ehe mit ihr in den Sand gesetzt hatte. Für sie musste sich die Zeit angefühlt haben, als säße sie im Gefängnis. Kein Wunder, dass sie eine Beziehung als Bestrafung empfand. Wie konnte er ihr nur dabei helfen, diese Angst zu überwinden?

„Sie sagt vielleicht, dass sie andere Männer will, aber heute Abend hat sie keinen anderen Dom an sich rangelassen", sagte Logan. „Sogar Jake hat sie abgewiesen. Sie gehört dir allein, mein Freund. Sie will es nur nicht zugeben."

Sie denkt also, dass sie nur mit einer Masse an Männern glücklich werden kann. Simon rieb sich mit der Hand über den Kiefer.

Rebecca schmiegte sich an ihren Dom und strich geistesabwesend über ihr Halsband. Simon war an dem Tag im Club gewesen, als Logan es ihr umgelegt hatte. Rebecca war zuerst aufgetaucht. Ihr Ziel an diesem Abend war es gewesen, herauszufinden, ob andere Doms den gleichen Effekt auf sie hatten wie Logan.

Simon hatte ihr dabei geholfen. Bei der ersten Berührung hatte er festgestellt, dass Rebecca zwar auf ihn als Dom reagierte, aber nicht auf ihn als Mann. Ihr Herz war einzig und allein Logan verschrieben.

Könnte er es verkraften, Rona in eine ähnliche Situation zu werfen? Wäre es ihm möglich, dabei zuzusehen, wie andere Männer sie berührten, sie dominierten? Wenn er es in die Wege leitete, dann musste er zusehen. Die Möglichkeit bestand, dass ihr ein Dom gefiel und sie mit ihm verschwand. Er spannte die Muskeln in seinem Bauch an, so als rechnete er jede Sekunde mit einem Schlag in die Magengegend.

Logan runzelte die Stirn. „Was auch immer dir gerade durch den Kopf geht, scheint nichts Schönes zu sein."

„Verdammt schmerzhaft", murmelte Simon. „Aber trotzdem wunderschön."

Er nickte Logan und Rebecca zu und ging zum Andreaskreuz. Er hatte einen Plan und dieser musste so öffentlich wie möglich umgesetzt werden.

Rona brauchte einen Moment, um sich zu sammeln. Deshalb war sie in die Küche gekommen und hatte sich ein Glas Wein gegönnt. Auf dem Weg zurück sah sie, wie Master Simon das Andreaskreuz abwischte. Offensichtlich plante er eine Szene mit einer der Subs und ... Warum interessierte sie das überhaupt? Tat es nicht. Nicht im Geringsten. Simon war ihr vollkommen egal.

Tief in ihrer Brust schmerzte etwas bei diesem Gedanken. Handelte es sich um einen Herzinfarkt? Wohl eher nicht. *Ich muss hier weg.*

Einmal im Umkleidezimmer angekommen, suchte Rona nach ihren Straßenklamotten.

Hinter ihr öffnete sich die Tür und Logans Sub trat ein. Logans Sub mit dem Halsband. Die Rothaarige grinste und sagte: „Da bist du ja. Ich habe dich gesucht."

„Stimmt was nicht?"

„Also." Die Sub zog die Augenbrauen zusammen. „An sich ist

alles in Ordnung. Aber ... Komm mit. Ich werd's dir zeigen." Ohne Ronas Antwort abzuwarten, stopfte Rebecca Ronas Sachen in die Tasche zurück und zog sie aus dem Zimmer. Für eine Sub war sie ganz schön durchsetzungsfähig.

„Geht es um das arme Mädchen?" Rona eilte hinterher, um Schritt zu halten. Die Rothaarige hatte ein beachtliches Tempo drauf. Sie rannte den Flur entlang und direkt ins Foyer.

Beim Anblick von Master Simon neben dem Andreaskreuz – allein und ohne Sub – kam sie ruckartig zum Stehen, drehte sich auf dem Absatz um und begann einen erneuten Fluchtversuch.

„Rona", sagte Master Simon.

Der Ton hatte Auswirkungen auf ihre Füße und sie stoppte. Ihre Hände waren schweißnass. Im Gegensatz zu ihren Füßen war ihr Herz nicht zu stoppen: Es führte einen verrückten Tanz auf, den sie mittlerweile den Master-Simon-Tango nannte.

Mit dem Zeigefinger lockte er sie zu sich. *Komm zu mir*, sagte seine Geste.

Eine Welle des Begehrens durchfuhr sie, dennoch schüttelte sie den Kopf. „Ich mache mit dir keine Session."

„Nicht mit mir. Komm her." Und dann hob er sein Kinn auf diese Weise, die jeden Knochen in ihr zum Schmelzen brachte. Diese kleine Geste reichte aus, um ihren Widerstand zu brechen. Wie machte er das bloß?

Sie fühlte sich wie ein verurteilter Mörder auf seinem Weg zum Galgen. Trotzdem machte sie den ersten Schritt. Und den zweiten, bis sie schließlich vor ihm stand.

„Sehr gut." Er lächelte sie an. Ihr entging nicht, dass sein Blick ... anders war. Normalerweise verbarg sich immer ein Lächeln hinter seiner ernsten Fassade. Das Lächeln war verschwunden.

„Was ist los?", flüsterte sie besorgt.

Er legte die Hände auf ihre Schultern, schob sie mit dem Rücken gegen das hölzerne Gestell und hob ihren rechten Arm über ihren Kopf.

Schnapp.

„Hey!" Sie riss an ihrem Handgelenk, dass er gerade am Arm des Kreuzes befestigt hatte.

Verdammt, sie hatte vergessen, dass sie noch die Fesseln trug. Er ignorierte ihre Beschwerde und machte auch den anderen Arm fest. „Was soll das werden?"

„Rona, du bestehst darauf, mit einer Vielzahl von Männern zu verkehren. Ich werde jetzt dafür sorgen, dass dir dieser Wunsch erfüllt wird."

Sie verlor den Boden unter den Füßen. *Männer? Andere Männer?*

Noch bevor sie auf seine Worte reagieren konnte, packte er ihr rechtes Bein und befestigte es am Kreuz. Das Gefühl seiner schwieligen Hände sandte Hitze durch ihren gesamten Körper.

„Master Simon ... Nein." Ihre Stimme kam schwach heraus. Zudem hatte sie keine Wirkung auf ihn. Stoisch befestigte er auch ihr linkes Bein und zog die Fesseln an, bis sie sich nicht mehr bewegen konnte.

Er ignorierte sie, wandte sich den Gästen zu und erhob seine Stimme – laut genug, dass das Echo durchs Haus hallte: „An alle Doms, die nicht liiert sind! Ich habe zu eurem Vergnügen eine kleine Sub ans Kreuz gebunden. Ihr Safeword lautet ‚Houston'. Jeder Dom bekommt drei Minuten, um eine interessierte Reaktion hervorzurufen. Dazu darf er nur die Hände und den Mund benutzen – keine Spielzeuge. Wer Erfolg hat, darf die Fesseln lösen und sie vögeln. Danach kommt sie zurück ans Kreuz."

„Simon", zischte sie. „Du kannst nicht –"

„Ist es nicht das, was du wolltest?" Der kompromisslose Blick, den er ihr zuwarf, sagte: *Aushalten oder abbrechen.*

Aber ...

Er berührte ihre Wange mit seinen Fingerspitzen. „Ganz ruhig, Kleines. Ich werde an der Seite stehen und aufpassen, dass die Situation nicht außer Kontrolle gerät. Hier ist der perfekte Ort, um dich an einer Vielzahl von Männern zu erfreuen."

Aber ...

Und dann ging er weg.

Ronas Kehle schnürte sich zu. Es fühlte sich an, als würde sie ersticken. Im Haus war es vollkommen still. Das Einzige, was sie hörte, war das Blut, das in ihren Ohren rauschte. Sie riss wieder an ihren Fesseln. Nichts rührte sich. Master Simon hatte ganze Arbeit geleistet. Sie starrte auf seinen breiten Rücken und erkannte, dass seine Ärmel nicht hochgekrempelt waren. Er würde nicht mitmachen.

Die Enttäuschung hielt einen bitteren Nachgeschmack bereit.

Sie wandte den Blick von ihm ab. Ihre Augen weiteten sich bei dem Anblick, als sich jeder männliche Single auf der Party im Wohnzimmer versammelte. Abschätzende und dominante Augenpaare betrachteten sie. Sie unterdrückte ihr Bedürfnis, *‚Houston, hol mich hier raus'* zu rufen. Stattdessen versuchte sie, rational zu denken.

Nur: Was war bei Sex schon rational?

An sich lag er nicht falsch. Genau aus diesem Grund war sie zur Party gekommen. Sie hatte mit anderen Männern rummachen wollen. Was hatte sie stattdessen getan? Die ganze Zeit hatte ihre Aufmerksamkeit auf Simon gelegen. *Verflucht sei er, dass sie sonst niemanden wahrgenommen hatte.* Ganz schön dumm von ihr, wenn man bedachte, dass *Mr. Ich will eine Beziehung mit dir* kein Problem damit zu haben schien, sie anderen Kerlen zum Fraß vorzuwerfen. Aus irgendeinem Grund schnürte sich ihre Kehle zu. Sie schluckte schwer. Sie versuchte, an dem Kloß in ihrem Hals vorbeizuschlucken. Ohne Erfolg.

Komm drüber weg, Rona. Dieser Moment steht auf deiner Liste. Nicht den Schwanz einziehen. Sie würde ihm beweisen, dass sie sich sehr wohl mit mehreren Männern vergnügen konnte.

Und danach würde sie Master Simon für die Erfahrung danken.

Die Doms zogen Karten. Derjenige mit dem höchsten Zahlenwert durfte sein Glück als Erstes versuchen. Der Gewinner wandte sich ihr zu. Der hochgewachsene, blonde

Mann sah gut aus in seinen Lederhosen und seinem schwarzen T-Shirt.

„Ähm ... Hi", begrüßte sie ihn.

Eisblaue Augen trafen sie. „Sei still. Wenn ich will, dass du sprichst, werde ich es dich wissen lassen."

Pfft. Sie runzelte die Stirn. Warum lösten seine Worte in ihr das Bedürfnis aus, ihn einen Idioten zu nennen, während Master Simon bei denselben Worten einen Lustschauer nach dem anderen in ihr auslöste?

Er schritt direkt zur Tat, platzierte eine Hand auf ihrer Pussy und die andere auf ihrer rechten Brust. Sie war noch empfindlich von Simons Berührungen und von den Vakuumglocken. Als dieser Idiot an ihren Nippeln zupfte, spürte sie nur Schmerz. Die Lust blieb aus. Inzwischen fand er mit seinen Fingern ihre Klitoris, doch sie zuckte bei seiner Berührung zusammen. Sie war so trocken wie der Sand in der Sahara.

Als Master Simon schließlich ‚Die Zeit ist um' sagte, atmete sie erleichtert aus.

Der Dom musterte sie mit einem kalten Blick und stiefelte davon.

Der Nächste war noch jünger, Mitte zwanzig, und eine wahre Augenweide.

Er näherte sich mit einem charmanten Lächeln und sagte: „Mmm, es gefällt mir, was die Vakuumpumpe vollbringt." Er küsste sie sanft auf die Lippen und streifte mit seiner Hand ihre linke Brust. *Sehr nett*. Überhaupt nicht schmerzhaft.

Er beugte sich vor und saugte ihren rechten Nippel in den Mund. Sie lehnte sich zurück, was in ihrer momentanen Situation natürlich nichts brachte. Irgendwie fühlten sich seine Lippen auf ihr falsch an. Seine Hand berührte ihr Geschlecht und –

„Die Zeit ist um."

„Zur Hölle nochmal. Die drei Minuten reichen einfach nicht aus." Er leckte seine Finger und stöhnte. „Komm später zu mir, Süße, dann können wir fortfahren."

Ihr Lächeln hielt kein Versprechen bereit. Seine Berührung war angenehm gewesen, aber ihr fehlte das Knistern. Wo waren die Funken?

„Sieh mich an." Die Stimme des nächsten Doms durchschnitt ihre Gedanken wie ein Skalpell, das durch Gewebe schnitt. Ihr Blick schoss nach oben und traf auf intensiv blaue Augen. Jake.

„Wo ist das Mädchen?", fragte Rona. Sofort zuckte sie zusammen. *Nicht reden.*

Die Lachfältchen an seinen Augen erinnerten sie an Simon. Trotzdem schlug ihr Herz gleichmäßig weiter, anstatt Purzelbäume zu schlagen. „Sie wurde von einer Freundin abgeholt und nach Hause gebracht. Es geht ihr den Umständen entsprechend gut."

„Okay, gut."

Seine große Hand umfasste ihre Wange. „Du bist eine hübsche, kleine Sub. Ich mag dich."

„Ich mag dich auch", sagte sie. Er hatte sich so bezaubernd um das arme Mädchen gekümmert und −

„Schau mich an. Sieh mir direkt in die Augen, kleine Sub." Die Stimme eines Doms − rauer, dominanter. Ihre Augen trafen auf seine und sie ließ sich von seinem Blick einfangen. Seine Hand streichelte ihre Brust, glitt über ihren Bauch und näherte sich ihrem Venushügel. In diesem Moment machte sie eine Feststellung: Je mehr Männer sie berührten, desto weniger gefiel es ihr.

Jakes Mundwinkel verzog sich und er murmelte: „Wie ich es mir gedacht habe." Er lehnte sich vor und flüsterte ihr ins Ohr: „Es hätte mich zwar sehr gefreut, diese süße Klitoris zu reizen. Allerdings habe ich den Eindruck, dass du nur an der Berührung eines ganz bestimmten Doms Interesse hast."

Bestürzt sah sie ihn an. „Nein", hauchte sie.

„Oh doch." Seine Hand glitt über ihre Pussy und sie musste sich dazu zwingen, nicht zurückzuweichen. Nein, sie musste die Berührung mögen. Warum nur mochte sie die Berührung nicht?

„Manche Subs bevorzugen die Vielfalt. Wieder andere mögen es, sich mehreren Männern gleichzeitig hinzugeben. Und dann gibt es Subs wie dich, die nur Interesse an einem bestimmten Master haben." Er lehnte sich an einen Arm des Andreaskreuzes, streichelte sanft ihre Pussy und sprach mit ihr in einem ruhigen Ton.

Ein Master. Nur einer. Master.

„Ich muss zugeben", sagte er sanft, als ob er mit sich selbst reden würde, „dass ich auch mal so gedacht habe wie du. Es gab eine Zeit, in der ich nur eine Sub wollte. Aber es ist ... Es hat nicht funktioniert und na ja ..." Er zuckte mit den Schultern und sie sah den Schmerz, der in seinen Augen brannte.

Oh nein. Ihr Herz brach für ihn. Den Glauben an die Liebe aufzugeben, war einfach ... nicht richtig. „Nein, Jake. Nur weil es einmal nicht funktioniert hat, darfst du nicht aufhören, es zu versuchen."

„Die Zeit ist um."

Er presste seine Hand ein letztes Mal gegen ihre Klitoris und wie zuvor bei den anderen Männern, zeigte sich auch hier keine Reaktion. *Nichts.* Er küsste sie sanft zum Abschied. „Rona, nur weil es einmal nicht funktioniert hat", warf er ihre eigenen Worte zurück, „darfst du nicht aufhören, es zu versuchen."

Der Blick, den er ihr zuwarf, hatte denselben Effekt auf ihre Schutzmauern wie eine Abrissbirne auf ein Haus.

Simon schloss die Augen und atmete erleichtert aus. Hätte er Jake noch länger beobachten müssen, wie er Rona berührte, hätte er irgendetwas in der Nähe zerstören müssen. Bei guter Selbstkontrolle wäre es nur der Tisch gewesen. Im schlimmsten Fall hätte er dem Bastard, den er Freund nannte, den Kiefer gebrochen.

Seine Sub hatte Jake angelächelt. *Angelächelt.* Sie hatte mit ihm geredet und war nicht zurückgewichen. Sein Kiefer war so angespannt, dass er es knacken hörte. Er startete die drei

Minuten erneut und nickte dem nächsten Dom zu. Wie viele würde er noch ertragen müssen?

Wenn sie wirklich Vielfalt wollte, dann würde er dafür sorgen, dass sie diese bekam. Selbst, wenn es ihn umbrachte. Er wusste, dass sie ihn wollte. Entweder würde sie bald selbst dahinter kommen oder ... eben nicht. Er musste sich der Realität stellen, dass sie möglicherweise bald einen anderen Dom fand, der ihr Befriedigung verschaffte. Bei dem Gedanken schloss Simon die Augen. Der Schmerz war zu überwältigend. Das Leben war nicht fair. Es gab keine Garantie dafür, dass eine Frau, in die man sich Hals über Kopf verliebte, die Gefühle erwidern würde.

Er atmete tief durch und bereitete sich mental auf den nächsten Dom vor.

KAPITEL ACHT

Rona biss die Zähne zusammen und erduldete die Berührungen des nächsten Mannes. Den älteren Herrn fand sie nicht attraktiv, aber er war sehr nett zu ihr. Er berührte sie an ihren Nippeln. Sie fühlte nichts.

„Die Zeit ist um."

Ihr wurde eine Pause gestattet, als die nächste Runde Doms Karten zogen. Indessen kreisten Jakes Worte – ihre eigenen Worte – durch ihre Gedanken. Wie ein Ohrwurm, den man einfach nicht mehr loswurde. *Nur weil es einmal nicht funktioniert hat ...*

Sie war verheiratet gewesen. Hatte sich mit einem Mann auf etwas Langfristiges eingelassen. Einmal. Nur einmal in ihrem Leben. Und es hatte nicht funktioniert. Aufgrund dieses einen Beispiels hatte sie entschieden, nie wieder das Risiko einer Beziehung einzugehen. Durch diese Erfahrung war in ihr der Wunsch aufgekommen, nachzuholen, was sie in den letzten Jahren verpasst hatte. Aber nach dieser Vielfalt von Männern – und mal ehrlich: Jede Frau würde sich nach einem Mann wie Jake die Finger lecken – musste sie sich eingestehen, dass sie bei keinem von ihnen etwas gefühlt hatte.

Sie dachte an Master Simon. Ein Wort von ihm reichte aus,

um einen Lustschauer nach dem anderen durch ihren Körper zu jagen. Jedes Mal fühlte sie sich in seiner Nähe wie die Kugel in einem Flipperautomaten. Auch musste sie sich eingestehen, dass es hier um mehr als Lust ging. Es fühlte sich einfach so richtig an. Sie hatte das Gefühl, ihm zu gehören. Warum war sie nur so dickköpfig? Warum beharrte sie auf diese dumme Liste?

Wie lange wollte sie ihre eigenen Gefühle noch ignorieren?

Als der nächste Mann nähertrat, sah sie ihm direkt in die Augen und sagte: „Houston."

„Was?" Er starrte sie verdutzt an.

„Ich bin fertig. Houston. Mach mich los."

Master Simon kam mit seinem sicheren Gang auf sie zu.

Der fremde Dom sagte ihm: „Sie hat Houston gesagt."

„Ich hab's gehört." Simons Gesicht war vollkommen ausdruckslos.

War er von ihr enttäuscht? Sie biss sich auf die Lippe und wandte den Blick ab, als Zweifel sich in ihrem Bauch breitmachte und zu ihrem Herzen wanderten. Hatte Simon geplant, auf diese Weise einen neuen Dom für sie zu finden?

„Die Session ist vorbei, Leute", sagte Simon zu den wartenden Doms. „Die kleine Sub bedankt sich für das Interesse."

Rona nickte und versuchte, die Männer anzulächeln. Sie schaffte es jedoch nicht. Sie bebte am ganzen Leib. Ihre Augen brannten. Sie hatte gedacht, dass Simon sie wollte, aber so wie er sie jetzt ansah ...

„Ich will runter." Ihre Stimme zitterte. *Ich will meine Kleidung und ich will nach Hause. Zuerst will er mich und dann nicht und –*

Entschlossen packte er ihr Kinn. „Sieh mich an, Rona."

Das tat sie nicht. Sie blickte an ihm vorbei und über seine breite Schulter. *Ich werde nicht weinen – nicht wegen dieses kalten Doms, der nicht zu wissen scheint, was er will.*

Ein tiefes Lachen war von ihm zu hören. „Sieh. Mich. An", sagte er in seiner dominanten Stimme.

Ihre Augen schossen zu seinen. Er fing ihren Blick ein.

„Schon besser", murmelte er. „Was geht dir durch deinen klugen Kopf, Mädchen?" Sein sanfter, fürsorglicher Tonfall umhüllte sie mit Wärme.

Sie versuchte, ihren Kopf zu schütteln, doch er packte sie fester.

„Antworte mir."

„Du hast so wütend ausgesehen."

„Und du dachtest, ich wäre wütend auf dich?" Amüsiert zuckte sein Mundwinkel. „Süße, du kannst dir nicht vorstellen, wie schwierig es für mich war, den anderen Männern dabei zuzusehen, wie sie dich berühren." Sein Daumen strich über ihre Unterlippe. „Ich kann mich nicht erinnern, wann ich das letzte Mal so besessen von einer Frau war. Du bringst meine besitzergreifende Seite in mir zum Vorschein."

Oh. Erleichterung sprudelte wie eine frische Waldquelle durch ihre Adern. „Es hat mir nicht gefallen, von ihnen berührt zu werden."

Seine Lippen verzogen sich. „Das ist mir aufgefallen", sagte er zustimmend. Wie auch schon Jake vor ihm lehnte sich Simon neben sie, bereit ihren Worten zu lauschen.

„Sie haben mich gelangweilt." Sie holte tief Luft. „Mit meinem Ehemann habe ich mich auch gelangweilt. Ich dachte bis heute, dass es daran lag, dass mir die Erfahrung fehlt und ich nur die Berührung eines Mannes kenne."

Er neigte seinen Kopf zur Seite. *Sprich weiter.*

„Anscheinend sind eine Vielfalt von Männern auch nicht die Lösung." Sie lächelte ihn an. Die aufgestaute Hitze in seinen Augen zeigte ihr, dass er Geduld beweisen wollte, bis sie ihre Gedanken zum Ausdruck gebracht hatte. Danach würde er nicht lange fackeln und sie erneut nehmen. Der Gedanke löste ein Inferno in ihr aus und sie gab zu: „Du langweilst mich nicht, Simon."

Sein Gesichtsausdruck kühlte ab. Angst und Erregung nahmen von ihr Besitz. Sie wusste, was er als Nächstes fragen würde.

„Wer?"

Das erwähnte Wort von Jake – Master – kam ihr in den Sinn und ließ ihr Herz vor Freude springen. Noch schaffte sie es nicht, das Wort auszusprechen. „Sir", bot sie ihm an.

„Das ist besser." Seine Finger fuhren ihr durchs Haar. „Dafür verdienst du eine Belohnung."

Ihr Körper summte vor Erregung. Ihre Brüste kribbelten, dabei hatte er sie noch gar nicht berührt. Dieser Mann – dieser Dom – war perfekt für sie. „Oh?"

„Du befindest dich im Augenblick in der perfekten Position für ein Flogging", sagte er. Er leckte einen Finger und umkreiste damit einen ihrer Nippel, woraufhin sie eine wohltuende Kühle spürte. Ihre Nippel richteten sich auf und streckten sich ihm entgegen. „Was würden die Lederriemen des Floggers mit dieser cremeweißen Haut anstellen?"

Ihre Augen weiteten sich. Gleichzeitig spürte sie, dass sie feuchter und feuchter wurde. Sie erschauerte bei seinen Worten und ihre Reaktion entging ihm nicht.

„Oh ja, bezaubernd. Sieh nur, wie deine Wangen bei dem Gedanken erröten", sagte er. Dieser Dom sah einfach alles. Seine Hand folgte dem Pfad, den auch Jake zuvor genommen hatte. Simon beobachtete jede ihrer Regungen mit seinen dunklen Augen. Sein Blick raubte ihr den Atem. Er streichelte über ihren Venushügel, durch die anwachsende Nässe und fand ihre empfindliche Klitoris. Auf eine harte Berührung folgte eine sanfte, bis sie nur noch ein Wimmern über ihre Lippen brachte und ihn wortlos anflehte, ihr mehr zu geben, indem sie ihre Hüfte an seiner Hand rotierte.

„Nein, noch wirst du nicht kommen", flüsterte er und biss ihr ins Ohrläppchen. „Zuerst werde ich dich mit dem Flogger an den Rand des Wahnsinns führen. Dann mit meinem Mund. Danach werde ich dich nehmen, hier an diesem Kreuz, bis du so laut schreist, dass jeder unmissverständlich versteht, zu wem du gehörst. Auch du."

Ihr stockte der Atem.

Ein Grinsen tanzte über seine Lippen und ihr Herz konnte sich diesem Grinsen nicht verweigern. Im nächsten Augenblick presste er seine Lippen auf ihren Mund und küsste sie leidenschaftlich. Er packte ihre rechte Brust, die noch immer empfindlich war. Sie wimmerte bei der Berührung und sein Kiefer spannte sich an. „Ich weiß, dass du nicht auf der Suche nach einer Beziehung warst, mein pragmatisches Mädchen. Trotz aller guten Vorsätze bist du direkt in eine hineingeschlittert."

„Aber –" Seine unnachgiebigen Augen erstickten auch den letzten Widerstand im Keim.

„Solange du in einer Beziehung mit mir bist, sind dir keine anderen Männer erlaubt." Sein Grinsen blitzte auf. „Allerdings weiß ich genau, dass du dich mit mir nicht langweilen wirst. Daran wird sich im nächsten Jahr und auch in den nächsten fünfzig Jahren nichts ändern."

Sie wollte ihm widersprechen, erinnerte sich jedoch an die Frau vom Markt, die ihrem Henry zum vierzigsten Hochzeitstag ein Geschenk kaufen wollte. Vielleicht musste eine Beziehung sich nicht anfühlen, als wäre sie in eine Falle getreten. Rona konnte die Welt auch mit einem einzigen Mann erkunden.

Sie beobachtete, wie sich Simon die Hemdärmel hochkrempelte. Ihr Mund trocknete aus. Sie wusste, was dies bedeutete. Er trat zurück und ließ seinen Blick über ihren Körper schweifen. „Sag: ,Ja, Master'."

Wollte sie ihm mehr geben? Wollte sie ihm alles geben? Nur weil er sie dominieren konnte? *Oh Gott*, sie wollte ihn. Nur ihn. Alles um sie herum verschwamm. Ihr einziger Fokus lag auf seinem Gesicht, auf seinen dunklen Augen, in denen die Zärtlichkeit genauso offensichtlich zu Tage trat wie seine Kontrolle über sie. Er mochte sie. Oh, und wie er das tat!

Ihr Herz machte einen Salto. Es beruhigte sich schnell, in dem Wissen, dass sie angekommen war. Sie akzeptierte, was auch immer er ihr gab, weil sie ihm vertraute.

Es war an der Zeit, einen neuen Fünfjahresplan anzufertigen.

Er strich mit dem Finger an ihrem Kiefer entlang. „Was will ich von dir hören, Mädchen?"

„Ja." Sie lächelte und rieb ihre Wange unterwürfig an seiner Handfläche. „Ja, mein Master."

– Ende –

R ezensionen:

Ich freue mich immer über Rezensionen. Es würde mir sehr viel bedeuten, wenn ihr euch die Zeit nehmt und ein paar Worte über eure Reise mit Simon und Rona verfasst.

LESEPROBE

MASTER DER ABGRÜNDE (CALIFORNIA MASTERS-REIHE: BUCH 3)

„**Du verfickter Hurensohn!**", schrie Kallie. Was hatte sie da bloß getroffen? Sie lag bäuchlings auf dem verdammten Fußboden der Kneipe. Sie kniete sich hin, wischte sich die Sägespäne aus dem Gesicht und würgte beim Geruch von schalem Bier. *Wer auch immer es gewagt hat, würde jetzt daran glauben müssen.*

Grunzend hockte sie sich hin. Für eine Sekunde hörte sie die Engel singen. Zu früh verklang die himmlische Musik und das Gebrüll der Männer und die schwedischen Flüche des Besitzers traten wieder an ihre Ohren. Er hatte alle Hände voll zu tun, die Raufbolde davon abzuhalten, die ganze Bar zu zertrümmern. Sie holte Luft und wartete geduldig, dass die Welt aufhörte, sich zu drehen. Sie hatte noch immer vor, den Typ zu ermorden, der sie auf die Bretter geschickt hatte, aber … später.

„Lass mich mal nachsehen, ob du verletzt bist, Süße", sagte eine tiefe Stimme. Im nächsten Moment wurde sie gepackt und herumgedreht.

Sie schaute hoch und blickte in ein schlankes, von der Sonne geküsstes Gesicht: Ein markanter Kiefer mit Grübchen. Dickes, braunes Haar. Kobaltblaue Augen. *Jake Hunt. Na toll.* Warum musste es gerade er sein, der sie so sah? Kallie versuchte, sich aus seinem Griff zu befreien.

Er ließ nicht locker. „Halt still", befahl er.

„Lass mich los."

Er ignorierte sie und tastete sie nach Verletzungen ab. Konzentriert betrachtete er sie. Seine Berührungen wurden sanfter, als sie plötzlich zusammenzuckte. „Deine Schulter ist geprellt."

„Mir geht's gut." Am liebsten würde sie im Boden versinken. Sie erlaubte gerade, dass Jake Hunt sie abtastete. Sie versuchte, seine Hände wegzuschieben. Keine Chance. Er war wie ein Felsblock aus Granit. „Ich brauche keine Hilfe."

„Wo tut es noch weh?"

Sein Blick schweifte über ihren Körper und sie errötete. Sie wusste, dass sie keine Sanduhrenfigur hatte. Ihr Körper glich eher einer Birne. Ob er nun eine Narbe im Gesicht hatte oder nicht, dieser Mann könnte jede haben. Wenn sie den Gerüchten Glauben schenken konnte, dann hatte er in Bear Flat auch nichts anbrennen lassen. Sie gehörte allerdings nicht zu seinen vielen Eroberungen.

„Nein, sonst tut nichts weh", murmelte sie.

„Dein Kiefer wird schon blau." Er umfasste ihre Wange mit seiner großen Hand und hielt ihr Gesicht ins Licht. „Hast du dir deinen Kopf gestoßen? Lass mal deine Augen sehen."

„Ich habe doch gesagt, dass es mir gut geht." Sie wandte ihre Augen von seinem unnachgiebigen Blick ab und versuchte aufs Neue, Abstand von ihm zu gewinnen.

Seine Stimme wurde rauer. „Sieh mich an, Kallie."

Der tiefe, kommandierende Ton ging ihr durch Mark und Bein und sie erschauerte. Ihr Blick traf unwillkürlich auf seinen.

Seine Augen verengten sich. Die Intensität, mit der er sie betrachtete, hatte eine merkwürdige Wirkung auf sie: Sie fühlte sich wie ein Reh, das von einem Puma in die Enge getrieben wurde. Sie schluckte hörbar.

Ein Lächeln huschte über seine Lippen. „Wer hätte das

gedacht", murmelte er. „Manchmal täuscht der Eindruck, nicht wahr? Ich dachte immer, dass du taffer als alle Männer im Umkreis von hundert Meilen wärst." Seine Hand ruhte noch immer auf ihrer Wange. Er strich mit dem Daumen über ihre Unterlippe. Eine simple Geste, die erneut einen Schauer in ihr auslöste.

Weichei. Schlappschwanz. Ihre Muskeln hatten sich in Wasser verwandelt. Sie schaffte es gerade so, sein Handgelenk zu packen. Dabei versuchte sie, seine einschüchternde Stärke zu ignorieren, die sie unter ihren Fingerspitzen fühlen konnte. Sie wollte selbstbewusst klingen, doch ihre Stimme brach schwach und mädchenhaft heraus: „Mach das nicht."

„Was soll ich nicht machen?", fragte er in einem sanften Ton. Sie runzelte die Stirn. Er betrachtete sie anders. Auf eine Weise, die sich direkt auf ihr Herz auswirkte.

Sie schob seine Hand weg. „Sieh mich nicht so an", hauchte sie.

Seine Augen glühten vor Freude und ein schiefes Grinsen zeigte sich auf seinem Mund, wodurch sich ein Grübchen auf seiner Wange bildete. „Wirklich dumm. Ich mag es nämlich, dich anzusehen."

„Is' klar. Bist du derjenige, der mich zu Boden gerissen hat?"

„Ich attackiere keine Frauen", knurrte er. Langsam formten sich seine Lippen wieder zu einem Grinsen. „Es gibt bessere Methoden, um aufsässige Weibsbilder zu bestrafen."

Sein abschätzender Blick ließ sie erröten.

„Die Farbe steht dir, Süße", sagte er. Dann packte er ihre Oberarme und zog sie auf ihre Füße. In seinen Armen kam sie sich wie eine Stoffpuppe vor. Die schnelle Bewegung verwandelte den Raum in ein Karussell und sie sackte zusammen.

Er legte einen stählernen Arm um ihre Hüfte und zog sie an sich. Sie hatte davon geträumt, von ihm in den Armen gehalten zu werden. Ihre Fantasie hatte jedoch nie beinhaltet, davor auf dem dreckigen Fußboden einer Bar zu landen.

„Hey, Kalie." Barney steckte seinen Kopf zur Eingangstür

rein und sofort flogen schwedische Kraftausdrücke des Besitzers in seine Richtung. „Tut mir leid. Ich habe den Kerl Richtung Tür geworfen. Dich wollte ich ganz bestimmt nicht treffen."

„Du hast mich mit einem Menschen beworfen?" Schon in der Highschool, als sie zusammen Baseball gespielt hatten, war Barneys Wurfarm miserabel gewesen. Anscheinend hatte sich daran nichts geändert. Nach einer Sekunde lachte sie und schüttelte ungläubig den Kopf. *Wirklich ein saumiserabler Wurf.* „Ist okay. Mir geht's gut."

Er grinste, offenbarte seine Lücke zwischen den Schneidezähnen, wie der Lausbub, der er nun mal war. Dann verschwand er aus der Tür. Sein Kampfschrei war sogar in der Kneipe zu hören.

„Nett, dass du ihm verziehen hast", sagte Jake, während er sie zu einem Stuhl führte. Als er sie losließ, konnte sie immer noch die Wärme seiner Hände an ihrer Taille spüren.

„Es wäre nicht einfach, diesen Riesen um die Ecke zu bringen."

Jakes Lachen erzeugte Gänsehaut auf ihrer Haut. Sie war froh, dass ihre Freunde zu ihr kamen. Ihr Duft überdeckte Jakes männlichen Geruch. Sofort fühlte sich Kallie gelöster.

„Süße, ich kann nicht glauben, dass du dir nichts getan hast. Das sah wirklich schlimm aus." Gina gestikulierte mit den Händen, um zu demonstrieren, wie Kallie kopfüber abgetaucht war.

Na großartig. Ich wette, Jake hat sich halb totgelacht.

Sein Grinsen bestätigte ihre Vermutung. Er strich mit dem Zeigefinger über ihre Wange. „Kleine Elfen sollten nicht kämpfen."

Von jedem anderen Menschen auf der Welt hätte sie die Bemerkung amüsant gefunden. Von ihm – von dem Mann, in den sie schon seit Jahren verknallt war – wirkte es wie eine Beleidigung. Sie versuchte zu ignorieren, wie ihre Haut unter seiner Berührung zum Leben erwacht war. Stattdessen warf sie ihm einen eisigen Blick zu. „Ich bin nicht klein und ich bin auch keine Elfe. Danke für die Hilfe und jetzt geh weg."

„Gern geschehen, Elfe." Er schaute auf die Uhr, zuckte zusammen und wandte seine Aufmerksamkeit ihren Freunden zu. „Jemand muss sie nach Hause fahren." Bevor eine ihrer Freundinnen antworten konnte, drehte er sich um und lief davon.

Nachdem er aus dem Blickfeld der drei Frauen verschwunden war, schnaufte Gina. „Es ist wirklich nervig, dass ihm diese herrische Art so gut zu Leibe steht." Sie tätschelte Kallies Schulter. „Gib mir deine Tasche. Ich fahre dich nach Hause. Du solltest wirklich –"

„– ein Bier trinken. Ich stimme zu", unterbrach Kallie ihre Freundin. „Nein, zwei Bier! Und einen Burger mit Pommes. Ich bin gerade von einer Woche in der Wildnis zurückgekommen. Auf keinen Fall renne ich jetzt nach Hause, nur weil mir das von einem aufdringlichen" – *heißen* – „Mann" – *Bastard* – „befohlen wurde."

Sie wusste, dass ihre Freundinnen Wachs in seinen Händen waren. Eine Berührung reichte aus und sie schmolzen dahin. Es gefiel ihr kein bisschen, dass sie auf seine Hände ganz genauso reagiert hatte.

ÜBER DEN AUTOR

Autoren sagen oft, dass ihre Protagonisten mit ihnen argumentieren.

Dummerweise sind Cherise Sinclairs Helden allesamt Doms. Was bedeutet, dass sie keine Chance hat, jemals ein Argument für sich zu entscheiden.

Als New York Times and USA-Today-Bestsellerautorin ist Cherise dafür bekannt, herzzerreißende Liebesromane mit hinreißenden Doms, amüsanten Dialogen und heißem Sex zu schreiben. BDSM, Leute. BDSM! Wer kann dazu schon ‚Nein‘ sagen?

Mit den Kindern aus dem Haus lebt Cherise mit ihrem geliebten Ehemann und ihren Katzen am pazifischen Nordwesten, wo nichts gemütlicher ist als ein regnerischer Tag, den sie damit verbringt, neue Bücher zu schreiben.

www.ingramcontent.com/pod-product-compliance
Lightning Source LLC
Chambersburg PA
CBHW021925170626
46807CB00007B/2993